KB115320

鵬붕정대연가

붕정대연가(鵬程大戀歌) 5

임영기 新무협 판타지 소설

초판 1쇄 찍은 날 § 2021년 4월 8일
초판 1쇄 펴낸 날 § 2021년 4월 15일

지은이 § 임영기
펴낸이 § 서경석

총괄팀장 § 노종아
편집책임 § 신나라
디자인 § 스튜디오 이너스

펴낸곳 § 도서출판 청어람
등록번호 § 제387-1999-000006호
등록일자 § 1999. 5. 31
어람번호 § 제2-2867호

주소 § 경기도 부천시 부일로 483번길 40 서경B/D 3F (우) 14640
전화 § 032-656-4452 팩스 § 032-656-4453
http://www.chungeoram.com
E-mail § chungeorambook@daum.net

ⓒ 임영기, 2021

ISBN 979-11-04-92335-7 04810
ISBN 979-11-04-92299-2 (세트)

도서출판 청림

5

임영기 무협 판타지 소설
Cover illust A4

붕정대연가

ANTASTIC ORIENTAL HEROES

鵬붕정대연가

목차

第四十六章　영웅문(英雄門) ‥ 7

第四十七章　오룡방의 초대 ‥ 33

第四十八章　검천사자(劍天使者) ‥ 59

第四十九章　십이소방파(十二小幇派) ‥ 85

第五十章　항주십이소방파 ‥ 113

第五十一章　탄생비화 ‥ 139

第五十二章　호위대 ‥ 165

第五十三章　금성문(金星門) ‥ 191

第五十四章　영웅호위대(英雄護衛隊) ‥ 217

第五十五章　영웅문 개파 ‥ 245

第五十六章　검천태제(劍天太弟) ‥ 271

第四十六章

영웅문(英雄門)

혜림원 어느 전각의 방 침상에 훈용강이 혼자 누워 있다.

그는 두 팔이 손부터 어깨까지 바스러지고 내장과 장기들이 온통 파괴된 상태다.

모르긴 해도 이대로 놔두면 폐인이 되거나 심한 경우 목숨을 잃게 될 것이다.

그것은 그가 단 한 차례 민수림을 전력으로 공격했다가 얻은 뼈아픈 대가다.

민수림은 반격하지 않고 단지 호신강기를 일으켜서 자신의 몸을 보호했을 뿐이었다.

그렇지만 그가 전개한 검기가 그녀가 일으킨 호신강기에 반

탄력으로 퉁겨져서 그의 온몸을 짓뭉개 버린 것이다.

훈용강은 민수림에게 패배를 인정하면서 자신이 잘못했으니까 죽여달라면서 무릎을 꿇었다.

그것은 그의 진심이었다. 무공으로만 논하자면 민수림은 하늘이고 그는 한 마리 벌레였다.

그가 천 번 만 번 공격한다고 해도 민수림의 머리카락 한 올 건드리지 못할 것이다.

그런데 민수림은 훈용강을 죽이지 않았을 뿐만 아니라 어떠한 벌도 내리지 않았다.

그녀가 자비를 베푼 것이 아니라 손이 더러워질까 봐 살인을 하지 않은 것이다.

그 당시에 훈용강은 혼절하지 않았다. 마당에 무릎을 꿇고 엎어지듯 고개를 조아리며 죽여달라고 용서를 빌고 있는 그를 남겨두고 진검룡과 민수림을 비롯한 사람들이 우르르 전각 안으로 들어갔다.

그때 그가 얼마나 비참해지고 또 절망했었는지는 아무도 모를 것이다.

그러고는 정무웅과 화룡 둘이서 훈용강을 이곳으로 옮겨와서 침상에 눕히고는 그들마저도 가버렸다.

그게 두 시진 전의 일이었고 그동안 아무도 훈용강이 누워 있는 방을 들여다보지 않았다.

손가락 하나 꼼짝하지 못하는 송장이나 다름이 없는 상태로 누워 있는 훈용강의 심정은 더없이 비참했다.

그러나 시간이 흐를수록 그의 비참한 심정은 조금씩 가라앉았으며 현재 자신의 처지와 아까 일어났던 상황에 대해서 돌이켜 생각을 해보게 되었다.

그리고 진검룡과 민수림이 어째서 그를 이렇게 대했는지 이유를 깨닫게 되었다.

마지막으로는 이제부터 자신이 어떻게 해야 하는지 길과 방법을 찾았다.

술자리가 무르익었다.

현수란과 태동화 등은 아까 민수림이 훈용강에게 손 하나 대지 않고 그를 짓뭉개 버린 절세적인 신위를 보고는 완전히 그녀에게 매료, 압도되고 말았다.

그때부터 진검룡의 얼굴에서도 도통 미소가 사라지지 않고 있다. 그는 민수림이 훈용강을 짓뭉개 놓고 나서 다시 술자리로 돌아온 이후부터 한시도 그녀의 얼굴에서 시선을 떼지 못하고 있다.

그런 눈길 때문에 민수림은 수줍어서 얼굴을 붉히면서 그에게 전음을 보냈다.

[검룡, 그만 쳐다보고 아까 하던 얘기나 마저 끝내요.]

진검룡은 아까 새로 개파할 문파의 이름을 지으려다가 훈용강 때문에 중간에 그쳤던 일을 기억해 냈다.

그는 잠시 정신을 가다듬고 술자리에 앉은 사람들을 둘러보면서 담담하게 말했다.

"새로 개파할 문파의 이름을 영웅문으로 짓는 것에 대해서 모두 어떻게 생각하시오?"

현수란이 뭐라고 말하려는데 태동화가 먼저 벌떡 일어나서 진검룡을 향해 포권을 해 보이며 정중하게 말했다.

"진 대협께서 새로 개파할 문파명을 작명하는 데 우리에게 자문을 구한 것에 대해서 진심으로 감사드립니다. 그것은 더없는 영광입니다."

현수란도 질세라 일어나서 포권하며 짤랑짤랑한 목소리로 동의했다.

"장차 영웅문이 사해무림을 진동시키고 이름을 날리게 되어도 저희들을 잊으시면 안 돼요."

정무웅과 은조, 화룡까지 모두 일어나서 포권을 하며 영웅문이라는 문파명이 더없이 좋다고 입을 모았다.

진검룡은 모두의 의견을 수렴하고 나서 선언했다.

"그럼 본파의 문파명을 영웅문으로 정하겠소."

결국 처음에 민수림이 지은 문파명으로 정해졌다.

"와아! 축하합니다!"

"야아! 정말 멋집니다!"

중인이 모두 박수를 치고 함성을 터뜨리면서 기뻐하는 모습을 진검룡과 민수림은 흐뭇하게 바라보았다.

태동화와 현수란은 진심 어린 표정으로 진검룡을 응시하며 입을 모았다.

"진 대협, 제가 무언가 도울 일이 없겠습니까?"

"말씀만 하시면 어떤 일이라도 돕겠어요."

진검룡은 두루 포권을 하며 미소 지었다.

"두 분께서는 이미 많은 도움을 주셨소."

그는 진지한 표정으로 태동화에게 말했다.

"태 문주에게 한 가지 청이 있소."

이런 경우에는 보통 난감한 표정을 짓기 일쑤인데 태동화는 기쁘게 대답했다.

"무엇이든지 말씀만 하십시오."

진검룡에게 도움을 줄 수 있는 것을 진심으로 기뻐하기 때문에 가능한 일이다.

진검룡은 탁자의 말석에 꼿꼿한 자세에 긴장된 표정으로 앉아 있는 화룡을 가리켰다.

"화룡을 내게 주십시오."

"아⋯⋯."

태동화와 화룡은 동시에 크게 놀랐다. 진검룡이 설마 사람을 그것도 화룡을 달라고 할 줄 몰랐기 때문이다.

누가 뭐라고 해도 당사자인 화룡이 가장 놀라서 숨을 멈춘채 뚫어지게 진검룡을 주시했다.

진검룡은 빙그레 미소 지었다.

"지난번 화룡을 처음 만났을 때 그의 강직함이 마음에 들었소. 그래서 새로 개파할 영웅문에서 화룡을 요긴한 인재로 쓰고 싶소."

화룡은 진검룡이 자신을 지목하면서 그런 말을 하자 흥분하고 감격하여 심장이 미친 듯이 두근거렸다. 말을 하면 입 밖으로 심장이 튀어나올 것만 같았다.

"태 문주와 화룡이 허락한다면 말이오."

태동화는 크게 고개를 끄떡이며 화룡을 쳐다보았다.

"물론 저는 무조건 찬성입니다. 연린조장(燕鱗組), 너는 어떠냐? 진 대협께 가겠느냐?"

화룡은 연검문의 승무단 휘하 연린조 조장이다. 이십오 세에 키가 크고 굵직굵직하게 남자답게 생겼다.

그는 처음 만났을 때 진검룡에게 연검문에 찾아와 달라고 정중히 부탁을 했었다.

진검룡은 그러마고 약속을 했었으나 피치 못할 사정 때문에 약속을 지키지 못했다.

화룡은 벌떡 일어나서 진검룡에게 꾸벅 허리를 굽히며 우렁찬 목소리로 외쳤다.

"주군께 목숨을 바쳐서 충성하겠습니다!"

"고맙다."

진검룡은 화룡의 기개가 마음에 들어서 미소를 지으며 고개를 끄떡였다.

태동화가 섭섭하다는 표정을 지으며 화룡을 쳐다보았다.

"너 인마, 목숨을 바쳐서 충성하다니. 나한테는 그런 말 한 적 없잖느냐?"

화룡은 얼른 고개를 숙였다.

"죄… 송합니다."

태동화는 진검룡을 보며 진지하게 물었다.

"진 대협, 더 필요하신 것 없습니까?"

"말씀만으로도 고맙소."

기다리고 있던 현수란이 눈을 반짝거리면서 진검룡을 말끄러미 바라보았다.

"진 대협, 천첩은 뭐든지 할 수 있어요. 말씀만 하세요."

태동화와는 달리 현수란은 여러 방면으로 제법 큰 영향력을 행사하고 있다.

민수림이 빈 술잔을 만지작거리면서 착 가라앉은 목소리로 지적했다.

"검룡에게 천첩이라고 하지 마세요."

스스로를 '천첩'이라고 자칭하는 것은 자신이 상대의 여자라는 뜻이다.

사실 현수란은 은근슬쩍 그런 의도로 자신을 '천첩'이라고 칭한 것이다. 그것이 민수림의 비위를 거슬렀다.

현수란은 찔끔해서 민수림에게 고개를 숙였다.

"죄송해요."

그녀는 아까 민수림의 어마어마한 실력을 눈으로 직접 보고는 그녀를 더욱 존경하게 되었으며 그러는 한편으로는 몹시 두려워하게 되었다.

진검룡은 현수란을 보며 빙그레 미소 지었다.

"루주는 이미 내게 넘치도록 많이 주었소. 이 빚은 언젠가는 반드시 갚겠소."

현수란은 섭섭하다는 표정을 지으며 그를 곱게 흘겼다.

"빚이라뇨? 진 대협, 우리 사이에 꼭 그렇게 말씀하셔야겠어요? 섭섭해요."

길어질 것 같아서 민수림이 잘랐다.

"루주와 상의할 일이 있어요."

현수란은 공손하면서도 두려운 표정으로 민수림을 보았다.

"뭐… 죠?"

민수림은 차분하게 대답했다.

"우리 영웅문은 이제부터 상계(商界)에 진출할 계획인데 루주는 그쪽 방면에 경험과 연줄이 풍부하니까 루주의 도움이 필요해요."

"아……."

진검룡이 현수란에게 고개를 숙였다.

"루주, 부탁하오."

현수란이 크고 서늘한 눈으로 그윽하게 진검룡을 바라보았다. 그녀의 눈은 '루주라는 호칭 말고 좀 더 다정한 호칭으로 불러줄 수는 없나요?'라는 의미를 담고 있지만 숙맥인 진검룡이 그걸 알아차릴 리가 없다.

현수란은 미소를 지으며 고개를 숙였다.

"알았어요. 충심을 다해서 돕겠어요."

진검룡과 민수림 등은 술을 마시며 새로 개파하게 될 영웅문에 대해서 진지하게 많은 대화를 나누었다.

그러나 어느 시점이 지나자 다들 너무 많이 취해서 대화가 불가능하게 되었으며 나중에는 제 몸 하나 건사하는 것조차 힘든 상황이 돼버렸다.

"저기… 용 랑……!"

좀처럼 취한 모습을 보인 적이 없어서 주선(酒仙)의 경지에 올랐다는 평가를 받는 현수란이지만 오늘 밤에는 기분이 좋은 탓에 너무 많이 마셔 만취해서 혀가 꼬부라졌다.

그녀는 제정신일 때 진검룡을 '진 대협'이라고 불렀으나 만취한 상태인 지금은 마음속에서 부르고 싶은 호칭 즉, '용 랑'이라고 거침없이 튀어나왔다.

이즈음에는 민수림도 꽤 취해서 현수란의 도발을 알아차리지 못했다.

현수란은 상체를 흔들거리면서 손을 뻗어 밖을 가리켰다.

"용 랑… 저기 밖에 누굴 좀 데리고 왔어요……."

"누굴 데리고 왔다는 것이오?"

눈이 풀리기는 마찬가지인 진검룡이 그녀가 가리키는 대전 입구 쪽을 쳐다보며 물었다.

현수란이 옆에 서 있는 삼엽 은조에게 명령했다.

"조야, 데리고 와라."

지위로 치자면 십엽루의 삼엽인 은조가 연검문 일개 조장인 화룡보다 위지만 그녀는 술자리에 앉지 못하고 줄곧 현수란 뒤쪽에 꼿꼿하게 서 있었다.

지난번에 진검룡이 정무웅과 함께 은조를 친구로 삼으려고 했다가 그녀의 거부로 무산된 이후 그녀는 진검룡과 현수란이 만날 때마다 겉돌 수밖에 없었다.

한마디로 말하면 그때 은조가 진검룡 눈 밖에 나서 진검룡 앞에 얼씬도 못 하고 있는 것이다.

현수란이 괜찮다고 다독였지만 당사자인 은조는 조금도 괜찮지 않았다.

왜냐하면 오늘도 진검룡이 연검문의 한낱 조장인 화룡에게까지 친절하게 인사를 하며 챙기면서도 은조에겐 눈길 한 번 주지 않았기 때문이다.

그래서 은조는 남들이 다 탁자에 둘러앉아서 즐겁게 대화를 나누며 술을 마시는 동안 현수란 뒤쪽에 혼자 멀찌감치 서서 군중 속의 쓰디쓴 고독을 맛보고 있어야만 했다.

잠시 후에 대전 밖에 나갔던 은조가 되돌아오는데 그녀 뒤에서 세 사람이 따라왔다.

은조는 옆으로 물러나고 세 사람이 몹시 공손한 자세로 진검룡과 현수란을 향해 도열했다.

사십 대 초반 나이쯤 되어 보이는 풍성한 몸매의 여자가 앞에 서 있고 뒤에 이십 대 중후반의 남녀가 나란히 서 있다.

현수란이 진검룡 어깨에 손을 얹고는 요염한 표정을 지으며 앞에 선 여자를 가리켰다.

"성실하고 일 잘하는 여자예요. 용 랑이 집사(執事)로 쓰도록 하세요."

"집사?"

태동화가 취한 목소리로 참견을 했다.

"루주, 문파에서는 집사가 아니라 문리(門吏)라고 한다오."

"아… 그렇죠. 내가 깜빡했어요."

현수란은 손을 진검룡의 무릎에 올리고 상체를 그에게 기울이며 몸을 붙였다.

"하인하고 하녀 삼십 명을 데리고 왔는데 앞으로 저 여자가 알아서 그들을 지휘할 거예요……!"

그러고 보니까 가족들이 이곳으로 이사를 왔으며 며칠 내로 영웅문을 개파할 텐데 문파의 허드렛일을 할 사람이 아무도 없었다.

이런 상황에 집사, 아니, 문리로 쓸 유능한 여자와 하인, 하녀 삼십 명을 보내주다니 진검룡은 현수란의 그런 세심한 배려가 너무도 고마웠다.

진검룡은 자신의 무릎에 얹은 현수란의 손 위에 자신의 손을 덮었다.

"루주, 고맙소."

현수란은 눈을 반쯤 감고 콧소리를 냈다.

"그런 말씀 하지 마세요. 싫어요… 흐응……."

그때 어디서 냉정한 목소리가 들렸다.

"둘 다 똑바로 앉으세요."

차착!

진검룡과 현수란은 빛보다 빠른 속도로 떨어지면서 자세를 똑바로 했다.

*　　　　*　　　　*

문리를 맡게 될 여자가 두 손을 앞에 모으고 진검룡에게 공손히 허리를 굽혔다.

"유려(劉麗)입니다."

그녀는 자신의 이름만 얘기할 뿐이지 어쩌고저쩌고 길게 말하지 않았는데 진검룡은 그런 점이 마음에 들었다.

진검룡은 흡족해서 고개를 끄떡였다.

"잘 부탁한다."

"주인님, 데리고 온 사람들과 갖고 온 물건들을 어디에 배치해야 할까요?"

유려의 말에 현수란이 대답했다.

"주인님이 아니라 문주라고 불러야 한다. 그리고 너는 이곳 혜림원에 대해서 잘 알고 있으니까 사람들과 물건들을 네가 알아서 배치해라."

지시할 때의 현수란은 조금도 취하지 않은 것 같았다.

"알겠습니다."

이어서 현수란은 진검룡에게 꿀이 뚝뚝 떨어지는 눈빛을 보내면서 말했다.

"앞으로 하인이나 하녀, 그리고 문파에 여러 숙수나 장인들이 필요할 텐데 그때마다 저에게 말씀만 해주시면 그 즉시 구해 드리겠어요."

"그러겠소."

아침에 진검룡이 눈을 떴을 때 언제나 변함없는 상황이 벌어져 있었다.

한 침상에 진검룡이 천장을 향해 똑바로 누워 있으며 양팔에 민수림과 청랑이 팔베개를 한 채 그를 향해 누워서 곤히 잠들어 있었다.

이래서 습관이 무섭다는 것이다. 동천목산에서 매일같이 민수림과 청랑이 술에 취해서 밤에 진검룡의 양팔을 사이좋게 나누어서 베고 자더니, 그 습관이 그때부터 지금까지 자연스럽게 이어지고 있는 것이다.

민수림은 자신이 진검룡의 여자임을 자처하고 실제로 다른 여자들의 접근을 철저하게 막고 있지만 어쩐 일인지 청랑하고 만은 잠자리와 진검룡을 공유하고 있다.

민수림이 청랑을 여자로 여기지 않고, 또 그녀가 술 두 모금만 마시면 저세상 사람처럼 뻗어버리는 데다, 스스로 진검룡의 그림자라고 여겨서 절대로 그의 곁에서 떨어지지 않으려고 하니까, 민수림으로서도 어느 정도는 어쩔 수 없다는 식으로 방임하고 있는 것 같다.

진검룡은 오른쪽에서 자고 있는 민수림 쪽으로 고개를 길게 빼고는 그녀의 입에 살짝 입맞춤을 했다.

쪽……

민수림은 얼굴을 살짝 찌푸렸지만 깨지 않았다.

진검룡은 조심스럽게 두 여자에게서 양팔을 빼고 침상에서 내려왔다.

그를 비롯한 현수란과 태동화 등은 이 전각에서 잤다. 이 전각은 삼 층이며 방이 수십 개나 되기 때문에 아무 방이나 마음에 드는 곳에서 자면 된다.

진검룡이 방을 나오자 거실을 정리하고 있는 하녀가 그에게 공손히 허리를 굽혀 인사를 했다.

"문주, 일어나셨어요?"

"으… 응. 넌 누구냐?"

진검룡은 씻지 않은 부스스한 얼굴로 물었다.

십칠팔 세 정도의 귀여운 용모인 하녀가 두 손을 앞에 모으고 공손히 고개를 숙였다.

"오늘부터 문주님을 모시게 된 하선(霞善)이라고 해요."

말하자면 하선은 진검룡을 최측근에서 그림자처럼 모시는 몸종인 것이다.

영웅문의 문리를 맡은 유려가 이 소녀 하선을 여기에 배치한 모양이다.

"그래. 불편한 것 있으면 얘기해라."

진검룡은 하녀의 보필을 받는 것이 생전 처음이라서 어색하게 미소 지으며 거실을 나섰다.

진검룡은 지난밤에 정신을 잃을 정도로 취했었기에 중상을 입은 훈용강을 살펴볼 겨를이 없었다.

설혹 술에 취하지 않아서 겨를이 있었다고 해도 훈용강에게 들르지는 않았을 것이다.

만신창이가 된 그를 당분간 혼자 내버려 두는 것이 그에게 내리는 따끔한 벌이기 때문이다.

훈용강 성격이라면 밤사이에 수많은 생각을 하고 뼈저린 교훈을 얻었을 것이다.

그가 혼자 훈용강에게 가고 있지만 그의 그림자를 자처하고 있는 청랑은 침상에 뻗어 있다.

아마도 민수림이 진검룡인 줄 알고 그녀를 부둥켜안을 테고 민수림은 잠결에 청랑을 한사코 밀어내면서 둘이 곤하게 자고 있을 것이다.

제아무리 차돌처럼 깐깐한 청랑이지만 술 두 모금이면 그지없이 얌전해진다.

이윽고 진검룡은 옆 전각의 훈용강이 누워 있는 방문 앞에 이르렀다.

척!

문을 열고 들어가자 정면의 얇은 휘장 안쪽의 침상이 어렴풋이 보였다.

진검룡은 휘장 너머 침상에서 훈용강이 꿈틀거리고 있는 것을 보았다.

훈용강은 누군가 들어오는 기척을 듣고 일어나려고 하는데 몸이 말을 듣지 않는 것이다.

저벅저벅…….

진검룡은 발소리를 내며 곧장 걸어가서 휘장을 걷고 안으로 들어갔다.

"주… 주군……."

훈용강은 진검룡을 발견하고 누운 채 참담한 표정으로 어쩔 줄 몰랐다.

"좀 어떠냐?"

어떠냐는 물음에 지금의 훈용강이 과연 무엇이라고 대답을 해야 좋겠는가.

주군의 여자를 죽여도 괜찮겠느냐고 물어가면서까지 기고
만장 날뛰다가 한순간에 천하의 역적이 된 그가 아닌가.

"으음… 끄응…….."

훈용강은 일어나려고 버둥거렸으나 겨우 머리만 까딱거릴
수 있을 뿐이다. 지금의 그는 누가 부축하지 않으면 송장보다
도 못한 신세다.

슥…….

진검룡은 그에게 손을 뻗으며 말했다.

"치료해 주겠다."

훈용강은 지난번에 진검룡이 검황천문 탈혼사들에게서 자
신을 구해준 후에 깨끗하게 치료해 준 일을 너무도 생생하게
기억하고 있다.

그때 훈용강은 지금처럼 만신창이였는데 진검룡이 한 번
슬쩍 훈용강의 손목을 잡았을 뿐이거늘 온몸의 무수한 상처
들이 말끔하게 완치됐다.

진검룡은 그때처럼 훈용강의 손목을 잡고 부드럽게 순정기
를 주입시켜 주었다.

다음 순간 훈용강은 뭐라고 설명할 수 없는 너무도 상쾌한
기분에 사로잡혔다.

순정기가 그의 체내를 빠르게 돌면서 상처들을 치료하고
있는 것이다.

뼈와 살이 녹는 것 같더니 곧 온몸이 깨끗한 계류에 살랑

살랑 씻기는 것처럼 너무도 기분이 좋아서 훈용강은 나직한 탄성을 흘렸다.

"아아……."

그리고 세 호흡이 지나서 진검룡이 훈용강의 손목을 놓고 물러섰다.

단지 그것뿐이지만 훈용강은 자신의 상처가 다 나았음을 깨달았다.

지난번과 조금도 다르지 않았다. 다만 이번 일로 인해서 진검룡에 대한 존경심이 백배 커졌을 뿐이다.

심신이 더할 나위 없이 상쾌해진 훈용강이 일어나려고 하는데 그보다 먼저 진검룡이 휘장 밖으로 나가면서 정감 없는 한마디를 툭 던졌다.

"몸이 나았으니까 이제 너 갈 데로 가라."

"주군!"

크게 놀란 훈용강은 낮게 부르짖으며 휘장을 찢고 밖으로 날아가서 진검룡을 앞질렀다가, 그의 발아래 온몸을 내던지면서 부복 자세를 취했다.

"뭐냐?"

진검룡이 냉정한 목소리로 꾸짖듯이 말하자 훈용강은 이마를 바닥에 거세게 박았다.

쿵!

"주군! 속하가 죽을죄를 지었습니다! 용서하십시오! 제발 한 번만 용서해 주십시오!"

그는 평생 누군가에게 이토록 애절하게 애원해 본 적이 한 번도 없었다.

그럴 일이 없었거니와 있었다고 해도 그의 굳센 자존심으로는 어림 반 푼어치도 없는 일이다.

진검룡은 우뚝 선 채 근엄한 얼굴로 그를 굽어보며 아무 말도 하지 않았다.

진검룡은 처음에 훈용강을 수하로 거두려고 했었는데 꽤나 거칠고 솔직하며 과격한 성격이라서 그다지 탐탁하게 여기지 않았다.

그런데 때마침 어젯밤에 훈용강이 감히 민수림을 걸고 피식피식 비웃으면서 도발을 한 것이다.

그래서 진검룡은 그를 버릴 생각을 하고 한번 제대로 고쳐서 수하로 삼으려는 계책을 썼던 것이다.

그 결과 진검룡이 봤을 때 오늘 아침의 훈용강은 어제의 훈용강하고는 완전히 다른 사람으로 환골탈태한 것 같았다.

훈용강은 머리를 단단한 청석 바닥에 쿵! 쿵! 찧으면서 통곡하는 것처럼 우렁차게 외쳤다.

"주군! 한 번만 기회를 주신다면 절대로 실망시켜 드리지 않겠습니다! 부디 용서해 주십시오!"

얼마나 세게 이마를 바닥에 부딪쳤는지 전각이 무너질 것처럼 진동했다.

이윽고 진검룡이 조용한 목소리로 말했다.

"너는 날 떠나면 여러모로 더 나을 텐데 어째서 내 수하로 있기를 원하는 것이냐?"

진검룡은 훈용강의 대답 여하에 따라서 그를 거두거나 떠나보내야겠다고 생각했다.

어떤 대답을 해야 남겨두고 또 어떤 대답을 하면 내쫓을 것인지 기준은 없다.

그냥 훈용강의 대답이 마음에 드는지 들지 않는지를 판단하면 그뿐이다.

훈용강은 고개를 들지 않은 채 대답했다.

"주군이 속하를 인간으로 만들어주셨습니다."

진검룡은 자신이 원하는 대답이 아니지만 그리 나쁘지 않아서 팔짱을 끼고 고개를 끄떡였다.

"그래서?"

"만약 속하가 주군 곁을 떠난다면 예전의 훈용강으로 돌아가겠지만 주군 곁에 남으면 제대로 된 인간이 되어 살아갈 수 있을 것 같습니다."

"제대로 된 인간이 뭐냐?"

그건 진검룡도 궁금하다.

"모르겠습니다. 하지만 주군을 비롯하여 주위에 있는 사람들은 모두 인간 냄새가 많이 납니다."

그가 원하는 대답이다.

'그렇다는 말이지?'

진검룡은 훈용강의 말을 듣고 자신도 모르게 빙그레 미소가 떠올랐다.

저벅저벅……

그는 훈용강 옆을 스쳐서 지나갔다.

"가자."

"네?"

훈용강이 깜짝 놀라서 고개를 들자 진검룡은 방을 나가면서 태연히 말했다.

"아침밥 먹으러 가자."

"아……."

훈용강은 비로소 진검룡이 자신을 내치지 않았다는 사실을 깨닫고 안도의 한숨을 내쉬었다.

그는 저만치 대전 입구로 성큼성큼 걸어가고 있는 진검룡 뒷모습을 향해 넙죽 절했다.

"주군! 감사합니다!"

풍성한 아침 식탁에 진검룡과 민수림, 청랑을 비롯한 가족들이 둘러앉았다.

현수란과 태동화는 너무 폐가 된다면서 아침 일찍 서둘러서 떠나갔다.

진검룡이 훈용강을 치료하고 있을 때여서 아침밥이라도 먹고 가라고 그들을 붙잡지 못했다.

풍건과 한림은 가족과 수하들이 머무는 전각에서 숙식을 따로 하기로 했다.

현수란이 데리고 온 문리 유려가 그들에게도 숙수와 하녀, 하인 몇 명을 분배하고 풍족한 식량과 물품들을 지급했기에 생활하는 데는 전혀 부족함이 없을 터이다.

오늘 아침 식사에는 진검룡과 민수림, 가족들, 청랑, 훈용강이 함께 자리를 했다.

그런데 진검룡이 앉아서 밥 먹으라고 한마디 했는데도 훈용강은 앉지 못하고 탁자에서 뚝 떨어진 곳에 서서 똥 마려운 강아지 같은 표정을 짓고 있을 뿐이다.

어제까지만 해도 진검룡이 주군인지 자신이 주군인지 모를 정도로 기고만장했던 훈용강이지만 오늘 아침에는 딴사람처럼 행동하고 있다.

사모님인 상명과 딸이며 진검룡의 사매인 장한지, 그리고 사제 독보가 가족구성원이다.

문리 유려는 가장 솜씨 좋은 숙수를 진검룡과 최측근의 전용 숙수로 지정했다.

탁자에는 온갖 고급 요리들이 푸짐하게 가득 차려져 있는데 수석 숙수의 일사불란한 지휘 덕분이다.

상명이 일어나서 저만치에 있는 훈용강에게 공손히 자리에 앉기를 권했다.

"어서 앉아서 같이 식사해요."

"아… 나는… 저……."

훈용강은 어찌해야 할지 몰라서 전전긍긍했다. 단언하건대 이것은 절대로 그의 예전 모습이 아니다.

그에게 어제부터 진검룡과 민수림은 진짜 하늘이 되었다. 그래서 두 사람 앞에서 어쩔 줄 모르는 것이다.

그때 진검룡 왼쪽에 앉은 청랑이 훈용강을 보며 미간을 좁히면서 싸늘하게 꾸짖었다.

"내가 딱 한 번만 말해주마. 주인님께선 어느 누구라도 밥 먹는데 서 있는 것을 매우 싫어하신다. 아무리 하찮은 사람이라도 같은 식탁에 마주 앉아서 식사하기를 원하신다. 그리고 주인님께선 절대로 두 번 말씀하지 않으신다. 너는 조금 전에 주인님의 사모님께서 식사 같이하자고 말씀하신 것을 거절하는 죄를 범했다. 그것만으로도 죽을죄다. 어떠냐? 아직도 앉을 생각이 들지 않는 것이냐?"

청랑이 이렇게 말을 길게 한 적은 한 번도 없었다. 더구나 그녀의 외모는 기껏 십오 세 정도로 보이는데 기골이 장대하고 나이가 제법 들어 보이는 훈용강을 잘 길들인 수하처럼 다루고 있지 않은가.

第四十七章

오룡방의 초대

차착!

청랑의 말의 여운이 채 사라지기도 전에 훈용강은 딱 하나 빈자리인 그녀 옆에 날아와서 앉았다.

이것으로 청랑과 훈용강의 서열은 깨끗하게 정리되었다.

훈용강에게 진검룡과 민수림이 하늘이면 청랑은 하늘 한 귀퉁이를 떠받치고 있는 기둥쯤으로 여겨질 터이다.

마주 보는 구조인 식탁의 한쪽에는 민수림과 진검룡, 청랑, 훈용강의 순서로 나란히 앉았으며, 맞은편에는 상명과 장한지, 독보가 앉았다.

진검룡은 훈용강이 진짜 측근이 됐으므로 자신에 대해서

웬만한 것들은 다 보여줄 생각이다.

그렇다고 일부러 하나에서 열까지 이것은 이렇고 저것은 저렇다고 세세하게 설명해 줄 필요는 없다.

그저 같이 지내다 보면 이것저것 자연히 알게 될 것이고 진검룡은 그걸 원한다.

조금 전에 청랑이 훈용강을 한바탕 호되게 꾸짖지 않았더라면 상명과 장한지, 독보는 그가 진검룡의 수하라는 사실을 몰랐을 것이다.

모두들 편안하게 식사를 하는데 훈용강만은 그러지 못했다.

어젯밤 민수림에게 무참하게 당하고 또 오늘 아침에 진검룡이 치료해 준 것에 대한 충격이 너무나도 컸다.

훈용강은 고개조차 들지 못한 채 음식이 코로 들어가는지 입으로 들어가는지도 몰랐다.

그는 이런 이상한 분위기에서 밥을 먹어본 적이 한 번도 없었지만 그걸 신경 쓸 상황이 아니다.

식사 후에 진검룡과 민수림을 비롯한 측근들은 한 전각의 회의실에 모였다.

아직은 모두들 지위의 고하가 없으므로 둥글고 커다란 원탁에 함께 둘러앉았다.

진검룡은 영웅문 개파에 대해서 최초로 말을 하려니까 왠지 가슴이 뛰었다.

워낙 배짱이 두둑한 성격이라서 쑥스럽거나 그러지는 않았지만 자신이 주축이 되어 새 문파를 개파하는 목전에 이르자 흥분이 돼서 입안의 침이 바싹 말랐다.

그가 슬쩍 민수림을 보자 그녀는 부드러운 미소를 지으면서 그를 바라보고 있다.

그를 독촉하지 않으면서 그저 무한한 신뢰의 표정으로 포근하게 바라보는 그녀의 모습에 그는 큰 위안을 받았다.

"험!"

긴장을 풀어보려는 듯 그는 헛기침을 한 번 크게 했다.

그러나 그의 긴장하는 모습을 보고 우스워서 미소라도 짓는 사람은 아무도 없다. 다들 똑같이 긴장했기 때문이다.

이윽고 진검룡이 말문을 열었다.

"나는 문파를 개파하는 것이 처음이다. 자네들이 많이 도와주기 바란다."

거두절미 그의 솔직한 말에 풍건과 한림, 화룡, 청랑, 훈용강은 진지한 표정으로 고개를 숙여 보였다.

진검룡의 심정을 충분히 헤아릴 수 있다는 뜻이다.

진검룡은 원탁에 둘러앉아 있는 사람들을 찬찬히 한 명씩 둘러보았다.

"내게는 여기에 있는 자네들이 전부다."

중인의 표정이 더욱 숙연해졌다.

풍건과 한림은 진검룡을 따라온 이후 여태까지 쭉 지켜봤기 때문에 대충 그런 사실을 짐작하고 있어서 충격은 그리 크지 않았다.

그때 닫혀 있는 문 밖에서 누군가의 작고 여린 목소리가 들려왔다.

"문주, 강비와 은조라는 분이 오셨어요."

하녀 하선이다.

개방 항주분타의 강비는 못 본 지가 꽤 오래됐지만 은조는 아까 아침에 현수란과 함께 이곳을 떠났다. 은조가 왜 되돌아왔는지 모를 일이다.

"들여보내라."

보통은 나가서 만나 그들이 무슨 말을 하는지 따로 들어야 하지만 진검룡은 이곳에 있는 사람들에게 되도록 비밀이 없는 게 좋다고 생각해서 두 사람을 들어오게 했다.

은조가 앞장서고 강비가 두리번거리면서 쭈뼛쭈뼛 뒤따라 안으로 들어오는데 은조는 몹시 복잡한 표정이다.

진검룡은 누구에게랄 것 없이 두 사람을 보며 물었다.

"무슨 일이냐?"

은조는 자신을 향해서 돌아앉은 진검룡 세 걸음 앞에 멈춰서 딱딱하게 굳은 얼굴로 시비 걸듯이 빠른 어조로 말했다.

"나를 받아줘요."

그녀의 표정만으로는 진검룡을 죽일 것 같았는데 말은 부탁, 아니, 애원에 가까웠다.

진검룡은 그녀의 말을 즉각 알아들었다.

"무엇으로?"

지금이라도 은조가 친구가 되겠다고 하면 기꺼이 받아줄 생각이다.

애초부터 정무웅과 은조를 친구로 삼으려고 했었던 진검룡이다. 별다른 뜻이 있어서가 아니라 그 두 사람이 마음에 들었기 때문이다.

"수하로 받아줘요."

"수하?"

친구가 아니라 수하라니, 진검룡으로서는 추호도 예상하지 못했던 말이다.

은조가 진검룡의 수하가 되려는 이유는 두 가지다.

하나는 조금 전에 여길 떠나 십엽루로 돌아가는 길에 현수란이 은조더러 진검룡의 수하가 되어 그를 옆에서 보필해 주는 것이 어떻겠느냐고 물었기 때문이다. 은조는 두말할 것도 없이 그러겠다고 선뜻 대답했다.

또 하나는 그녀가 진검룡의 누나가 되지 못했기 때문에 수하라도 되려는 것이다.

그것은 순전히 자존심 때문이다. 지난번에 진검룡이 그녀에게 친구가 되자고 했을 때 그녀는 자신이 두 살 위이기 때문에 친구가 아니라 누나가 되어야 이치에 맞는다고 말했고, 그

것이 일언지하에 거절됐다.

그 사실이 그녀의 자존심을 무참히 짓밟았으며 지금껏 내
내 가슴을 짓누르고 있었던 것이다.

진검룡이 이게 무슨 소리냐는 듯 응시하자 그녀도 시선을
거두지 않고 똑바로 마주 쳐다보며 똑 부러지게 자신의 의지
가 얼마나 굳건한지를 말했다.

"누나든지 수하든지 둘 중에 하나를 결정해요."

"수하 해라."

진검룡은 숨도 쉬지 않고 결정했다.

은조는 정중하게 고개를 꺾었다.

"알겠어요."

진검룡은 화룡 옆자리를 가리켰다.

"저기 앉아라."

은조가 수하가 됐으면 이 자리에 앉을 자격이 있으며 진검
룡의 명령에 따라야 한다.

현수란이 자신의 심복인 은조를 진검룡에게 보내다니 그녀
는 어지간히 진검룡을 좋아하고 또 걱정하는 모양이다.

진검룡은 은조가 화룡 쪽으로 가는 것을 보다가 시선을 강
비에게 주었다.

"비야, 무슨 일이냐?"

강비는 워낙 오랜만에 진검룡을 만나는 것이니까 일부러
찾아온 것일 수도 있다.

강비는 실내에 낯선 사람이 여러 명 있는 것이 이상했지만 분위기로 봐서는 진검룡이 새로 거둔 수하들일 것이라고 생각했다.

강비는 공손히 고개를 숙였다.

"진 대협, 몇 가지 보고드릴 내용이 있습니다."

그는 아직 개방 제자이기 때문에 진검룡을 주군이라고 부르지 못한다.

진검룡은 고개를 끄떡였다.

"말해라."

강비는 지금부터 자신이 하게 될 말을 여기에 있는 사람들이 들어도 되는지 진검룡에게 묻는 듯한 동작으로 실내를 둘러보았다.

"괜찮다. 말해라."

진검룡의 말에 강비는 그가 실내의 사람들을 신뢰하고 있다는 사실을 알게 되었다.

그래서 강비는 조금 언짢은 기분이 들었다. 진검룡이 자신에게는 저런 신뢰심이 없을 것이라고 생각하니까 괜히 섭섭하고 시기심이 들었다.

하지만 그가 그런 기분이라고 해서 진검룡에게는 전혀 통하지 않는다.

그런 점에서 진검룡은 눈치가 없다. 아니, 강비의 마음을 눈치챘다고 해도 그를 배려해 줄 진검룡이 아니다.

"오룡방 방주가 바뀌었습니다."

강비는 말해놓고는 습관처럼 진검룡이 어떤 반응을 나타내는지를 살폈다.

그러나 진검룡은 차를 마시면서 민수림과 다정하게 눈빛을 주고받으며 강비가 한 말에 대해서는 전혀 신경을 쓰지 않는 것 같다.

얘기 더 하려면 하고 아니면 그만두고 가라는 뜻이라는 걸 아는 강비는 씁쓸한 기분이 되었다.

"새로운 오룡방주는 이름이 우창성(宇蒼成)이라고 하는데 그 자에 대해서 알려진 바는 이름 말고는 전혀 없습니다. 그리고 전 방주였던 손록은 총당주로 격하됐습니다."

진검룡이 강비에게 '격하'가 뭐냐고 물으려는데 민수림이 전음으로 가르쳐 주었다.

[손록이 총당주로 떨어졌다는 뜻이에요.]

'아하……'

진검룡이 민수림에게 고마움의 그윽한 눈빛을 보낼 때 강비가 말을 이었다.

"오룡방이 이달 보름날 저녁에 항주 양대방파(兩大幫派) 중의 하나인 금성문과 오대중방파(五大中幫派), 십이소방파(十二小幫派)를 모두 초청했습니다."

모두들 그 말이 무슨 뜻인지 짐작하기에 갑자기 실내가 고요하게 변했다.

항주 사람이 아닌 풍건과 한림이라고 해도 항주무림에 대한 기초적인 지식은 있기 때문에 강비의 말이 무슨 내용인지 즉시 알아들었다.

진검룡은 측근들을 모아놓고 새로 개파할 영웅문에 대해서 허심탄회하게 대화를 나누려고 했는데 뜻하지 않게 강비가 굉장한 소식을 들고 왔다.

훈용강은 항주무림에 대한 지식은 풍건, 한림과 비슷하지만 어제 일 때문에 입도 벙긋하지 못할 입장인 데다 원래 과묵한 성격이라서 잠자코 있었다.

항주무림에 대해서 가장 잘 알고 있는 사람은 누가 뭐래도 은조와 화룡이다.

두 사람은 강비가 전해준 굉장한 소식에 표정이 무겁게 가라앉았다.

강비가 계속 보고했다.

"그와 함께 오룡방이 전열을 재정비, 보강하고 있으며 남경에서 삼십여 명 정도의 고수를 보냈습니다. 그들은 오룡방에 꽤 오랫동안 주둔할 것이라고 합니다."

검황천문이 고수를 그것도 삼십 명만 보냈다면 그들 각자는 일류고수가 분명할 것이다.

그것은 오룡방을 대표하는 다섯 명의 당주 즉, 오룡이 삼십 명이나 있다는 뜻이다.

검황천문의 의도는 분명하다. 지난 몇 달 동안 진검룡과 민수림이 뒤흔들고 어지럽혀 놓은 오룡방과 비웅보를 비롯한 항주무림의 질서를 새로 반듯하게 잡겠다는 것이다.

아예 검황천문의 입맛에 맞도록 판을 완전히 새로 짜겠다는 뜻이다.

그래서 금성문 이하 오대중방파와 십이소방파들을 모조리 불러들이는 것이다.

며칠 전까지의 오룡방은 이빨이 몽땅 빠진 힘없는 호랑이나 다름이 없는 신세였다.

전광신수가 오룡방 간부급 여러 명을 죽이고서도 오룡방주 손록만은 실컷 갖고 논 후에 죽이지 않고 목숨을 붙여놓았다는 사실을 항주에서 알 만한 사람들은 다 알고 있다.

즉, 오룡방주 손록과 오룡방 전체는 전광신수에게 철저하게 조롱을 당한 것이다.

전광신수가 충분히 죽일 수 있는데도 손록을 어여삐 여겨 자비를 베풀어서 살려주었다는 사실을 항주, 아니, 절강성이나 강소성에서 알 만한 사람들은 죄다 알고 있다.

그랬기에 오룡방의 위신과 체면은 하루아침에 진흙 바닥에 떨어져서 거리의 개들조차 짓밟고 다녔으며, 그사이에 항주무림의 다른 방파와 문파들이 저마다 서로 잘났다고 날뛰는 춘추전국시대가 돼버린 게 사실이다.

오룡방은 남천의 항주지부이니만큼 검황천문이 이런 상황을 두고 볼 리가 없다.

강비는 보고를 멈추고 이제 어떻게 할 것이냐는 듯한 표정으로 진검룡을 바라보았다.

  그러나 진검룡은 외려 강비에게 물었다.

  "오룡방이 힘을 잃은 후 지난 몇 달 동안 항주에서 무슨 일들이 벌어졌느냐?"

  진검룡 생각에 검황천문이라면 바로 그런 걸 바로잡을 것 같기에 물은 것이다.

  강비는 진검룡이 무공은 매우 높지만 생각하는 것은 단순해서 꽤 어수룩하게 봤는데 질문을 하는 걸 보니 그게 아닌 것 같았다.

  강비는 먼저 은조와 화룡을 쳐다보았다. 두 사람은 항주 토박이라서 꽤 많은 사실들을 알고 있을 것이기에 혹시 그들이 설명을 대신 하지 않을까 해서 쳐다본 것이다.

  그러나 은조와 화룡이 까딱도 하지 않고 앉아 있기만 하는 걸 보고 강비가 밭은기침을 하고는 입을 열었다.

  "오룡방이 크게 휘청거리고 나서는 항주에 큰 지각 변동이 벌어졌습니다."

  가장 먼저 오룡방 세력권에 변동이 일어났다. 세력권이라면 오룡방이 지배하거나 직접 운영하는 항주 성내와 인근의 상권(商權)을 가리킨다.

  항주 성내와 인근 백여 리 일대의 상권은 크게 두 개로 나누어진다.

한쪽은 십엽루가 움켜쥐고 있으며 다른 한쪽은 오룡방이 거느리고 있다.

항주와 인근 전체 상권을 백이라고 한다면 십엽루가 삼십오, 오룡방이 삼십칠, 그리고 나머지 이십팔을 다른 방파나 문파들이 쪼개서 나누어 갖고 있다.

그런데 오룡방의 권위가 땅에 떨어지고 나서 지금까지 두어 달이 지나는 동안 항주 상계에 크고 작은 변화와 자리바꿈이 일어났다.

체면을 구기고 힘을 잃은 오룡방 세력 내의 무수한 상권들을 지역의 군소방파와 문파, 그리고 여러 수십 조직들이 승냥이 떼처럼 달려들어 조각조각 뜯어먹으면서 여러 상권의 자리 이동이 벌어졌다.

검황천문이 오룡방 방주를 새로 임명하고 재정비를 하면서 아울러 일류고수로 짐작되는 자를 삼십 명이나 보냈다는 것은 아무래도 제일 먼저 항주의 상권을 잃지 않고 확보하려는 의지인 것 같다.

*　　　　*　　　　*

강비의 설명을 듣고 난 진검룡이 물었다.

"오룡방이 금성문과 오대중방파, 십이소방파를 다 초대했다는데 가지 않을 방파나 문파가 있겠느냐?"

강비는 고개를 가로저으며 단호하게 대답했다.

"없을 겁니다."

"그래?"

"진 대협이 오룡방을 진흙탕에 처박았지만 썩어도 준치입니다. 항주에서 오룡방을, 그리고 검황천문을 무시할 사람은 한 명도 없을 겁니다."

진검룡이 보기에 오룡방이 항주 성내의 난다 긴다 하는 방파와 문파들을 빠짐없이 다 초대한 데에는 무언가 이유가 있을 것 같다.

할 일 없이 괜히 그들 모두를 초대해서 요리와 술을 먹이려는 단순한 이유가 아닐 것이다.

진검룡은 강비에게 턱으로 빈자리를 가리켰다.

"앉아라."

강비는 훈용강 옆자리에 앉으면서 그가 누군지 살폈으나 누군지는 알지 못했다.

훈용강은 강비에겐 눈길조차 주지 않고 진검룡만 주시했다.

진검룡은 방금 좋은 생각이 하나 떠올랐다.

"보름이라고 했느냐?"

"그렇습니다."

진검룡의 물음에 강비가 허리를 꼿꼿하게 펴고 대답했다. 그는 좌중의 분위기가 자못 엄숙하다는 사실 때문에 자신도

동화되어 은연중에 긴장했다.

진검룡은 민수림을 보며 엷은 미소를 지었다.

"우리 영웅문을 보름날에 개파하는 것이 어떻겠습니까?"

민수림은 가볍게 표정이 변하더니 곧 미소로 화답하며 고개를 끄떡였다.

"괜찮은 생각 같아요."

그녀는 진검룡이 방금 전에 무슨 기발한 생각을 떠올렸는지 간파했다.

진검룡은 중인을 둘러보며 물었다.

"내 생각이 어떤가?"

풍건과 한림은 진지한 얼굴로 고개를 끄떡이고 은조와 화룡은 적잖이 놀란 표정이다.

반면에 강비는 어리둥절한 표정을 지었다.

"영웅문이 뭡니까?"

그러나 영리한 강비는 진검룡의 대답을 듣지 않고서도 그의 의도를 재빨리 간파했다.

"혹시 진 대협께서 새로 개파하실 문파가 영웅문입니까? 그런데 보름날 개파하신다는 겁니까?"

"그래."

진검룡이 미소를 지으며 고개를 끄떡이자 강비가 벌떡 일어나서 목에 핏대를 세우며 부르짖었다.

"미치신 거 아닙니까?"

진검룡은 지금으로부터 십이 일 후 보름날에 영웅문을 정식 개파 하기로 결정했다.

항주무림과 오룡방, 검황천문에 대해서 너무도 잘 알고 있는 강비는 입에서 침을 튀기면서 결사반대했다.

그랬다가는 진검룡과 민수림을 비롯한 이곳에 있는 모두들 검황천문에 괴멸당하고 말 것이라는 게 그가 입에 거품을 물고 반대하는 이유다.

그러나 항주무림에 대해서 잘 알고 있는 은조와 화룡은 입을 꾹 다물고 아무 말도 하지 않았다.

진검룡과 민수림이 묵묵부답이니까 강비는 이번에는 은조와 화룡에게 떠들어댔다.

"두 분은 괜찮은 겁니까? 어째서 진 대협을 만류하지 않는 겁니까?"

은조가 냉랭하게 강비를 꾸짖었다.

"입 다물어라."

"……"

강비는 움찔했다. 은조는 십엽루의 삼엽이다. 삼엽이라면 최소한 그녀가 항주 성내 대로를 활보할 때 칼을 찬 자 대부분이 슬슬 피한다는 뜻이다.

개방 항주분타의 삼결제자 정도는 사실 은조하고 눈도 마주칠 수가 없다.

최소한 항주분타주 정도는 돼야 은조에게 말을 붙일 수 있을 터이다.

은조가 차갑게 말을 이었다.

"네놈은 주군을 어찌 보는 것이냐? 설마 주군께서 너보다 못해서 그런 계획을 세우신 것 같으냐?"

강비는 움찔 놀랐다.

"서… 설마 그럴 리가 있겠습니까?"

"그게 아니면 입 다물고 있어."

"네……."

비로소 강비는 깨달았다. 그가 봤을 때 여기에 있는 인물들은 하나같이 쟁쟁한 고수들인 것 같았다. 강비 같은 것은 명패도 내밀지 못할 하류인데 아무것도 모르고 너무 떠든 것 같았다.

풍건이 공손히 말했다.

"주군께서 지향하고 계신 목표를 말씀하시면 대화가 한결 수월할 것 같습니다."

민수림이 얼른 전음으로 설명했다.

[검룡의 목표가 뭐냐는 거예요.]

진검룡은 중인을 보면서 진중하게 말했다.

"나는 우선 항주를 갖고 싶다."

그 말에 좌중이 조용해졌다. 아니, 깊은 바닷속처럼 무겁게 가라앉았다.

'항주를 갖고 싶다'는 말은, 아니, 목표는 여러 가지 의미를 포함하고 있다.

첫째, 오룡방은 물론이고 금성문과 항주오대중방파, 십이소방파를 모조리 굴복시키거나 포섭해야만 가능하다.

둘째, 현재 진검룡과 민수림이 지니고 있는 능력만으로는 첫 번째 과업을 성공하는 것이 불가능하다.

셋째, 설사 항주를 손에 넣었다고 해도 항주 주변 도읍이나 현의 반발과 도전을 줄기차게 받아야만 한다. 그것을 끝까지 버텨내야만 한다.

넷째, 이것이 가장 큰일인데 공식적으로 검황천문의 적이 될 것이다.

말하자면 진검룡은 방금 검황천문을 적으로 만들겠다고 선언한 것이다.

그러나 강비의 얼굴이 태풍을 만난 것처럼 크게 변하고 은조와 화룡이 적잖이 놀라는 표정을 지었을 뿐이지 다른 사람들은 덤덤한 얼굴이다.

그들은 진검룡이 줄곧 검황천문과 대적했었기 때문에 이렇게 될 것이라 예상하고 있었다.

"진 대협……."

강비는 열병에 걸린 것 같은 표정으로 일어서려다가 은조가 싸늘한 얼굴로 자신을 쏘아보는 것을 발견하고 움찔 놀라 그대로 앉았다.

진검룡이 조용히 말을 이었다.

"그러니까 우리가 장차 항주를 갖게 되는 것에 대해서 의논해 보자."

강비는 속으로 코웃음을 쳤다.

'쳇! 말도 안 되는 일을……'

제아무리 의논을 해봤자 방법이 나올 리가 없다는 것이 그의 생각이다.

좌중에 잠시 침묵이 흐르다가 한림이 조심스럽게 진검룡을 보면서 말했다.

"주군, 범 제를 부르시면 어떻겠습니까?"

범 제 고범은 풍건과 한림의 결의형제이며 무진현 대승방의 방주다.

한림 말인즉 고범을 비롯한 대승방을 통째로 영웅문에 편입하자는 뜻이고, 진검룡은 그 말을 알아들었다.

진검룡은 고범을 끌어들이는 것까지는 미처 생각하지 못했다. 그것은 욕심이기 때문이다.

그러나 대승방을 끌어들일 수만 있다면 영웅문의 한 축을 담당하게 될 것이다.

진검룡은 언제나 자신이 갖고 있는 것만으로 일을 도모하려고 들지 자신의 손에 없는 것으로 욕심을 부리지 않는다. 그것은 좋은 성격이라고 할 수 있다.

"그게 가능할까?"

이번에는 풍건이 담담한 얼굴로 말했다.

"막내는 우리가 부르면 올 겁니다."

진검룡은 반신반의했다.

"고 형은 무진현에 기반이 있는 사람이야. 그런데 그걸 버리고 온다는 말인가?"

풍건은 고개를 숙였다.

"옵니다."

"자네들 때문에 온다는 건가?"

"그렇기도 하겠지만 그것이 범 제를 움직일 수 있는 근본적인 이유는 아닙니다."

"그럼 무엇이 고 형을 움직인다는 거지?"

풍건이 딱 부러지게 말했다.

"범 제는 검황천문을 증오합니다."

"아……."

"범 제의 아버님이 검천사자에게 죽었습니다."

"그런 일이……."

검천사자는 검황천문의 명령을 이행하는 사자이며 얼마 전에 곤산의 곤산파를 봉문시키고 장문인 풍건을 남경 검황천문으로 압송하기도 했다.

사실이 그렇다면 진검룡으로서는 할 말이 없다. 그것보다 더 확실한 이유가 없기 때문이다.

그 순간 진검룡은 번쩍 한 가지 사실을 깨달았다.

'그렇군……!'

그는 강비에게 물었다.

"비야, 항주와 항주 인근에 검황천문에 원한이 있는 방파나 문파가 얼마나 있느냐?"

강비는 생각할 것도 없다는 듯 즉답했다.

"많죠. 거의 대부분일 겁니다."

"자세히 알아봐라."

강비가 일어나서 물었다.

"구체적으로 어떤 걸 알아봐야 합니까?"

진검룡은 손가락 두 개를 폈다가 하나씩 꼽았다.

"첫째, 검황천문에 철천지원이 있어야 하고 둘째, 우리에게 도움이 될 만한 세력을 지니고 있어야 한다."

강비는 고개를 깊이 숙였다.

"알겠습니다."

진검룡은 하녀 하선을 불러서 지시했다.

"사모님께 말씀드려서 강비에게 돈을 줘라."

"얼마나 드리나요?"

진검룡이 강비에게 물었다.

"경비로 얼마나 필요하냐?"

갑자기 돈을 준다는 말에 강비 얼굴에 화색이 돌았다. 여태껏 진검룡을 위해서 많은 일을 했지만 돈을 받은 적은 한 번도 없었다.

"알아서 주십시오."

진검룡이 하선에게 지시했다.

"은자 백 냥을 주도록 해라."

"으앗!"

강비는 너무 놀라서 자신도 모르게 펄쩍 뛰며 비명 같은 탄성을 터뜨렸다.

그는 지금껏 살아오면서 은자 백 냥이라는 거금을 가져본 적이 없었다.

은자 한 냥은 구리 돈 오십 냥이다. 그러므로 은자 백 냥은 구리 돈 오천 냥이라는 어마어마한 액수인 것이다.

강비가 매일 즐겨 마시는 술 죽엽청 한 병에 구리 돈 한 냥 닷 푼이고 노릇노릇 구운 오리구이 한 마리에 구리 돈 두 냥 이라면, 과연 구리 돈 오천 냥이 얼마나 엄청난 금액인지 짐작할 수 있을 것이다.

강비는 싱글벙글하면서 걸어 나와 진검룡 앞에 서서 허리를 넙죽 굽혔다.

"남으면 돌려 드리겠습니다."

"그럴 것 없다. 남는 건 너 가져라."

"저… 정말입니까?"

"그래."

강비의 입이 벌어져서 귀에 걸렸다.

"고, 고맙습니다, 진 대협!"

강비가 하선에게 은자 백 냥이 담긴 돈주머니를 받아서 품에 넣고 달려 나간 후에 풍건이 공손히 말했다.

"좋은 생각이신 것 같습니다."

항주에서 검황천문에 원한이 있는 방파와 문파를 찾아내는 일을 말하는 것이다.

이어서 풍건은 고범에 대해서 물었다.

"범 제는 어찌하시겠습니까?"

"그는 우리 일을 얼마나 알고 있지?"

"전혀 모릅니다."

한림이 거들었다.

"범 제는 풍 형님께서 검황천문을 탈출한 것도 몰랐습니다. 이제는 알게 됐겠군요."

"알리지 않았나?"

"주군께서 별다른 말씀이 없으셔서……."

한림이 일어섰다.

"주군께서 허락하시면 속하가 범 제에게 다녀오겠습니다."

"보름 전에 올 수 있겠나?"

보름날까지 십이 일이 남았으며 한림은 그 전에 고범을 데리고 돌아와야 한다.

오룡방이 항주의 방파와 문파들을 초대한 같은 날에 영웅문이 개파를 해서 위세를 뽐내려면, 고범이 그 전에 대승방 사람들을 이끌고 와주어야 하는 것이다.

"전력을 다하겠습니다."

"애쓰게."

"지금 출발하겠습니다."

"그러게."

진검룡이 하선에게 사모님한테 가서 돈을 타 오라고 시키려는데, 민수림이 그의 팔을 살짝 잡고 만류하고는 하선에게 지시했다.

"유려를 오라고 해라."

현수란이 보낸 유려는 진검룡이 영웅문의 문리로 임명했던 여자다.

하선이 대답하고 밖으로 달려 나갔다.

第四十八章

검천사자(劍天使者)

잠시 후에 유려가 들어와서 진검룡과 민수림 앞에 공손히
고개를 숙였다.

　"부르셨습니까?"

　민수림이 거두절미하고 물었다.

　"너는 셈이 밝은 편이냐?"

　유려는 가볍게 놀랐다가 공손히 대답했다.

　"십엽루 총관을 맡기 전에 오 년 동안 십엽루의 회계 총책
임자였습니다."

　진검룡과 민수림은 적잖이 놀랐다.

　"네가 십엽루 총관이었느냐?"

"그렇습니다."

진검룡은 어이없는 표정을 지었다.

"현 루주는 정말……."

진검룡이 익히 알고 있는 십엽루는 실로 거대하기 짝이 없는 규모를 자랑한다.

서호 호숫가에 즐비한 기루와 주루들만이 아니라 항주 성내와 인근 현, 그리고 전당강 근처를 통틀어 수백 개의 점포들과 수십 개의 사업체들을 거느리고 있다.

그러므로 그것들 전체를 총괄하는 총관이라면 굉장히 높고 중요한 신분이다.

그런데 현수란은 그런 유려를 하녀와 하인 삼십 명을 달려서 진검룡에게 보낸 것이다.

더구나 유려가 총관이었다는 말은 일절 하지 않았다. 모름지기 자신에게 가장 중요한 것을 남에게 주는 것이 얼마나 어려운 일인가.

그것만 봐도 현수란이 진검룡을 얼마나 좋아하는지, 그리고 중하게 여기는지 잘 일 수가 있다.

진검룡이 유려에게 말했다.

"본 문의 문리는 네가 알아서 다른 사람에게 주고 네가 오늘부터 총관을 맡아라."

유려는 깜짝 놀랐으나 곧 공손히 고개를 숙였다.

"명을 받듭니다."

민수림은 자신의 뜻을 진검룡이 잘 간파하여 실행했으므로 잔잔한 미소를 지으며 고개를 끄떡였다.

진검룡은 문리에서 총관으로 지위가 바뀐 유려에게 한림을 가리키며 지시했다.

"사모님께 돈을 달라고 해서 이제부터 총관이 관리하게. 그리고 이 사람에게 여비를 내주도록 해."

진검룡이 유려를 사모님 상명에게 문리라고 소개했으니까 그녀에게 돈을 내줄 것이다.

돈이라고 하면 예전에 항주 성내 잔지 패거리에게서 뺏은 돈을 말하는 것이다.

유려는 자신이 맡았던 문리 지위를 손나인(孫娜仁)이라는 수하에게 맡도록 했다.

손나인은 십엽루에서 중책을 맡고 있는 중인데 유려가 필요하다고 하자 현수란이 즉각 허락했으며 그 즉시 손나인이 혜림원으로 달려와서 합류했다.

손나인은 유려의 최측근으로서 오랫동안 손발을 맞춰왔다.

사모님 상명 방에는 하나의 큼직한 철제 금고가 있는데 잔지 패거리 우두머리였던 칠지잔랑이 갖고 있던 것이다.

철제 금고 안에는 최초에 들어 있었던 금원보 백여 개와 은원보 삼백여 개, 그리고 은자가 가득 담긴 자루 수십 개가 그대로 들어 있다.

상명은 진검룡이 처음에 철제 금고를 주었을 때부터 한 번
도 열어보지 않았으며 진검룡이 따로 준 은자 자루 하나를 지
니고 있다가 누가 돈을 달라거나 필요하면 그때마다 자루에
서 꺼내 썼었다.

자루의 은자도 거의 쓰지 않았다가 독보가 모는 배 용림당
을 살 때 한 번 헐었으며 진검룡이 동천목산에 간다고 여비를
달라고 할 때 백 냥을 준 게 전부였다.

유려가 상명에게 철제 금고를 넘겨받아서 그 안의 금원보
와 은원보, 은자 자루들을 확인한 결과 총 금액은 은자로 환
산하여 약 이백오십만 냥 정도였다.

거금이긴 하지만 그것은 십엽루가 하루에 벌어들이는 이익
금의 절반 정도에 불과하다.

십엽루 총관이었던 유려가 만졌던 돈의 액수는 하루에 은
자 수천만 냥씩이었으므로 이 정도 돈은 사실 코 묻은 돈에
불과할 뿐이다.

유려는 신임을 한 몸에 받았던 자신을 현수란이 어째서 진
검룡에게 보냈는지 알고 있다.

현수란은 진검룡이 장차 굉장한 인물이 될 테니까 유려더
러 잘 보필하라고 명령했다.

이제는 진검룡이 주재하는 대화에 유려도 총관의 자격으로
참석하게 되었다.

외지에서 온 풍건과 한림보다 이곳 항주 현지인이며 오랫동안 십엽루의 회계 책임자와 총관을 역임한 유려의 경험과 경륜은 대화의 좋은 자양분이 되었다.

더구나 유려는 불쑥 나서지 않고 진검룡이나 민수림이 묻는 말에만 공손히 대답을 했다.

한림이 떠나고 혼자 남은 풍건으로서는 꿔다 놓은 보릿자루처럼 할 말 없이 멀뚱거리며 앉아 있을 뿐이다.

"내 생각은 이래."

모두들 할 말이 없어서 침묵을 지키고 있자 진검룡이 자신의 계획을 밝혔다.

"항주오대중방파와 십이소방파 중에서 몇을 우리 편으로 끌어들이는 것이 어떤가 해."

그의 말에 아무도 놀라지 않았다. 머지않아서 개파할 신생 영웅문이 오룡방에 맞서기 위해서 덩치를 키우려면 방금 진검룡이 말한 방법이 최선이기 때문이다. 그것이 가장 빠르고 확실한 방법이다.

그렇지만 진검룡은 항주오대중방파와 십이소방파에 대해서 아는 것이 전혀 없으므로 어디부터 어떻게 손을 대야 할지 막막할 뿐이다.

그러나 유려나 은조, 화룡은 항주 토박이라서 알고 있는 것이 많을 텐데도 침묵을 지키고 있다.

상전이 묻는 말에만 대답을 하도록 오랜 세월 동안 길들여져 있기 때문이다.

그걸 모르는 진검룡은 침묵이 길어지자 이들이 아는 게 없기 때문이라고 생각했다.

그때 민수림이 중인을 둘러보며 잔잔하게 말했다.

"지금부터 오대중방파와 십이소방파에 대해서 자신이 알고 있는 것들을 기탄없이 얘기해라."

민수림은 진검룡과 상명 두 사람 이외의 사람들에겐 거침없이 하대를 한다.

기억을 잃은 그녀가 그런다는 것은 아마도 누구에게나 하대를 하던 오랜 습관 때문일 것이다.

그러나 누구에게나 하대를 하는 그녀의 그런 행동은 너무도 자연스러워서 아무도 거부감을 느끼지 않았다.

제일 먼저 은조가 입을 열었다.

"십이소방파는 규모가 너무 작습니다. 작은 곳은 삼십 명 정도이고 크다고 해봐야 백 명을 넘는 곳이 없습니다. 그렇기 때문에 끌어들이려고 하면 힘만 많이 들 뿐이고 효과는 별로 없을 겁니다."

"그런가?"

진검룡은 새로운 사실을 알게 되어 씁쓸한 표정을 지었다.

화룡이 덧붙였다.

"십이소방파 전체를 합친다고 해도 인원수가 오룡방 하나보다 적습니다."

"그 정도인가?"

진검룡은 이맛살을 찌푸리며 손까지 내저었다.

"그렇다면 십이소방파는 포기한다."

오룡방 전체 인원수가 팔백여 명인데 십이소방파 전체를 합친다고 해도 팔백 명에 못 미친다면, 은조 말마따나 그들을 일일이 찾아다니면서 설득하느라 힘만 들 뿐 결과물은 신통치 않다는 얘기다.

그런데 유려가 특유의 나지막한 중저음의 멋진 목소리로 말문을 열었다.

"십이소방파를 거두시는 것이 좋습니다."

유려의 의견이 은조와 화룡하고는 상반되는 것이라 진검룡과 민수림은 의아한 표정을 지었다.

하지만 유려가 식언을 할 사람이 아니라서 그들은 그녀가 무슨 말을 할지 기대했다.

유려는 진검룡과 민수림에게 공손히 말했다.

"십이소방파들은 재정 상태가 최악입니다. 그들이 원래 운영하던 알짜배기 점포나 사업들을 오룡방에게 모조리 강탈당했기 때문입니다."

"그랬어?"

진검룡으로서는 처음 듣는 얘기다.

"그래서 십이소방파들은 입에 풀칠이라도 하기 위해서 고리대금을 빌려 근근이 버티고 있는데 그 고리대금을 하는 곳이 오룡방입니다."

"허어……."

"십이소방파들 모두 적게는 은자 수만 냥에서 많게는 수십만 냥까지 오룡방에 빚이 주렁주렁합니다. 그래서 오룡방에 찍소리도 못 하는 겁니다."

"오룡방이 돈놀이까지 해?"

진검룡은 기가 막힌다는 표정을 지었다. 더러운 고리대금 돈놀이는 저잣거리 시장통에서만 하는 줄 알았는데 명색이 항주제일방파라는 오룡방이 물주가 되어 돈놀이를 하고 있을 줄은 몰랐다.

유려는 문제 제시에서 해답까지 나열했다.

"그렇기 때문에 십이소방파들은 오룡방에 원한이 사무쳐 있는 상태입니다. 만약 그들에게 재정적인 도움을 준다면 어렵지 않게 우리 편이 되어줄 것입니다."

"좋은 생각이다. 그런데 재정적인 도움을 어떤 식으로 얼마나 줘야 하는 거지?"

"십엽루주께 부탁해 보십시오."

"현 루주에게?"

"네, 십엽루가 운영하는 점포나 사업에서 십이소방파 사람들을 일하게 하거나 적당한 일거리를 떼어주면 그들은 두말하지 않고 우리에게 올 겁니다. 단 한 문파도 빠짐없이 우리 편이 되어줄 겁니다."

진검룡은 난감한 표정을 지었다.

"현 루주에게 폐가 되잖아."

그때 은조가 끼어들었다.

"주군, 유려 총관이 십엽루에 있을 때 어떤 존재였는지 혹시 아십니까?"

"중요한 존재였겠지."

유려가 하지 말라고 손짓을 하는데도 은조는 무시하고 말을 이었다.

"십엽루 점포가 총 백칠십 개이며 사업체가 스물여덟 군데인데 유 총관이 그걸 다 관리했습니다. 그런데도 매년 연 매출이 이 할, 순이익이 삼 할 삼 푼씩 상승했습니다. 십엽루 하루 순매출이 은자 천팔백만 냥이고 순이익은 은자 삼백오십만 냥입니다."

"굉장하군……!"

"그렇게 중요한 중책을 맡은 사람을 주군께 보냈다면 루주께서 주군을 얼마나 중하게 여기시는지 아시겠습니까?"

진검룡은 잠시 동안 멍한 표정을 짓고 있다가 진중하게 고개를 끄떡였다.

"음, 거기까지는 몰랐다."

"루주는 주군께 오른팔을 떼어주신 겁니다. 그러니까 그런 루주에게 십이소방파에 대해서 부탁하시는 것은 어려운 일이 아니라는 겁니다."

진검룡은 물끄러미 유려를 응시하다가 고개를 절레절레 가로저었다.

"그런 말을 들으니까 현 루주에게 염치가 없어서 더 부탁을 못 하겠다."

유려가 거들었다.

"나중에 갚으십시오."

"나중에?"

"네. 나중에 이자까지 후하게 쳐서 갚으면 루주께서 좋아하실 겁니다."

순진한 진검룡은 유려의 말을 곧이곧대로 알아듣고 그제야 고개를 끄떡였다.

"그렇지. 그러면 되겠군."

그는 십이소방파 일이 잘 해결되는 것 같으니까 기분이 좋아서 싱글벙글했다.

"자, 그럼 누가 십이소방파하고 접촉을 해볼까?"

"제가 하겠습니다."

유려가 나섰다.

"그래 주겠어?"

유려는 은조에게 지시했다.

"조야, 네가 십이소방파 수장들을 한 명씩 만나서 한 장소에 모이도록 해라. 내 이름을 대면 모일 게다."

"알았어요."

진검룡이 유려와 은조를 보면서 물었다.

"두 사람은 친한 사인가?"

은조가 딱 잘라서 말했다.

"별로 안 친합니다."

그렇지만 은조의 표정과 말투에서 그녀가 유려에게 무언가 단단히 화난 게 있다는 기색이 보였다.

진검룡은 민수림, 은조, 화룡과 함께 길을 나섰다. 연검문 문주를 만나러 가는 길이다.

혜림원에서 나와 항주 성내로 가려면 장항천을 거슬러 올라 성내로 들어가야 하기 때문에 은조와 동행하는 중이다. 성내에 들어가면 그녀는 제 갈 길로 갈 것이다.

화룡은 엊그제까지 몸담고 있던 연검문이라서 가는 길에 데리고 가는 것이다.

"화룡아, 너는 가족이 있느냐?"

뒤따르던 화룡이 옆으로 와서 공손히 대답했다.

"성 밖 누상촌(樓桑村)에 집이 있는데 부모님과 아내, 동생 세 명이 있습니다."

"그래?"

진검룡은 화룡의 가족이 많다는 사실에 놀랐다.

"어떻게 먹고사느냐?"

화룡이 얼굴을 슬쩍 붉혔다.

"제가 받는 녹봉에 아내가 성내 주루에서 허드렛일을 하고 받는 돈으로 생활하고 있습니다."

화룡은 연검문에서 조장 일을 하면서 녹봉으로 은자 석 냥을 받았다.

그의 아내가 주루에서 허드렛일을 죽어라고 해봐야 한 달에 은자 두 냥도 못 받을 터이다.

그렇다면 그 돈으로 일곱 식구 입에 풀칠하는 것조차 녹록지 않을 것이다.

진검룡이 대수롭지 않게 말했다.

"네 가족들을 데리고 본 문으로 들어와라."

"네?"

화룡은 화들짝 놀랐다.

"전각을 내어줄 테니까 거기에서 살아라."

"저… 정말이십니까?"

"내가 너하고 농담하는 것 같으냐?"

"아… 아닙니다."

화룡네 일곱 식구는 성 밖 누상촌에서 방 두 칸을 빌려 월세를 살고 있다.

그런데 그에게 선뜻 전각을 내어준다니까 그야말로 기절초풍할 일이 아니겠는가.

진검룡이 농담이 아니라고 말했어도 화룡은 이 사실이 쉽

사리 믿어지지 않았다.

             *   *   *

 진검룡과 민수림은 방립을 쓰고 성내 대로를 나란히 걸어
가고 화룡이 뒤따랐다.

 은조는 조금 전에 십이소방파 중 첫 번째 방파를 찾아가기
위해 떨어져 나갔다.

 그런데 진검룡 일행이 어디쯤 이르자 화룡이 자꾸만 대로
변의 어느 주루를 힐끗거렸다.

 "저 주루에서 네 아내가 일하느냐?"

 진검룡이 정확하게 지적하자 화룡은 흠칫 당황하더니 곧
머리를 조아렸다.

 "그… 렇습니다."

 화룡은 커다란 전각으로 이사를 가게 되었다는 기쁜 소식
을 아내에게 한시바삐 알려주고 싶어서 안달이 났다.

 그런 마음을 읽은 진검룡이 주루로 걸음을 옮겼다.

 "잠시 들렀다 가자."

 "네?"

 "네 아내를 데리고 가자."

 화룡은 놀라고 당황해서 정신을 차리지 못했다.

 "말 나온 김에 당장 이사를 해라."

"주… 주군……!"

진검룡은 품속에서 돈주머니를 꺼내서 은자를 되는 대로 한 움큼 집어 화룡에게 주었다.

"네 아내를 데리고 가서, 이걸 갖고 수레를 빌린 다음 가족을 혜림원으로 이사시켜라."

"주군……."

화룡은 돈을 받지 못하고 벌벌 떨었다. 아무리 건장하고 용맹한 사내라고 해도 아내와 부모, 가족 앞에서는 한없이 약해지는 법이다.

천 명의 적을 상대로 하여 죽기 살기로 싸우더라도 두려워하지 않을 화룡이지만 진검룡의 따스한 온정 앞에서는 왈칵 눈물이 솟구쳤다.

진검룡은 화룡 손에 은자를 쥐여주었다.

"이사한 후에 혜림원에서 보자."

진검룡이 등을 떠밀자 화룡은 비틀거리며 주루로 가면서 몇 번이나 뒤돌아보았다.

진검룡이 거리를 걸어가는데 민수림이 살며시 그에게 팔짱을 꼈다.

진검룡이 쳐다보자 민수림은 방그레 미소 지으며 그의 어깨에 뺨을 기댔다.

"나는 검룡의 그런 점이 좋아요."

진검룡이 왔다는 보고를 듣자마자 태동화는 직접 그를 맞이하러 몸소 달려 나왔다.

"어인 일이십니까, 진 대협!"

그는 반가우면서도 왠지 불길한 예감이 들었다. 진검룡이 직접 찾아왔다는 사실 때문이다.

"드릴 말씀이 있어서 왔소."

"안으로 드시지요."

태동화는 평소답지 않게 허둥대며 앞장섰다.

진검룡은 태동화에게 단도직입적으로 연검문을 흡수하고 싶다는 의견을 밝혔다. 하지만 왜 그래야 하는지에 대해서는 한마디도 하지 않았다.

그런 말을 듣게 될 줄 전혀 예상하지 못했던 태동화는 매우 놀랐으며 이후 진지하게 오랜 시간 동안 침묵을 지키고 있는 중이다.

옆에 서서 지켜보고 있는 정무웅은 설마 진검룡이 연검문을 통째로 집어삼키러 온 줄은 예상하지 못했기에 크게 놀라고 있는 중이다.

이곳에 오기 전에 진검룡은 연검문을 통째로 흡수하고 싶다는 자신의 생각을 민수림에게만 슬쩍 말했으며 그녀는 전적으로 찬성했다.

진검룡은 자신이 곧 영웅문을 개파할 것이며 그래서 영웅문이 연검문을 흡수하겠다고만 말했을 뿐이지 다른 말을 일체 하지 않았다.

진검룡이 장차 이건 이렇게 하고 저건 저렇게 할 것이라고 일일이 구체적으로 설명할 말재주도 없지만, 일목요연하지 않은 어설픈 설명이 외려 태동화의 생각을 방해할 수도 있을 것이기 때문이다.

일각이 지나도록 아무도 입을 열지 않았다. 마치 실내에만 시간이 멈춰 버린 것 같았다.

그래도 진검룡과 민수림은 조용히 기다렸다. 태동화가 지금 어떤 기분일지 짐작하기 때문이다.

진검룡이 태동화였다면 벌써 탁자를 뒤집어엎고 난리가 났을 것이다.

그로부터 반각이 더 지나서야 태동화가 진검룡을 보며 어렵게 입을 열었다.

"진 대협."

얼마나 고심을 했으면 태동화 얼굴이 온통 땀투성이고 잠깐 사이에 몇 년은 더 늙어버린 것 같다. 그는 꽉 잠긴 목소리로 진검룡을 불렀다.

진검룡은 약간 안쓰러운 얼굴로 말했다.

"결정하기 어렵다는 것을 아오. 그러니까 지금 대답하지 않아도 되오. 충분히 생각하고 나서 대답을 해주시오."

"음."

"그리고 태 문주께서 어떤 결정을 내리더라도 우리 관계는 변하지 않을 것이오."

"고맙습니다."

태동화는 고개를 숙이고 나서 잠시 고개를 돌리고 물끄러미 실내를 둘러보았다.

선조들이 어떻게 해서 연검문을 개파했으며 또 이날까지 지켜왔는지 여러 생각이 주마등처럼 뇌리를 스쳐 갔다.

그러나 작금의 상황을 봤을 때 연검문은 더 이상 버텨 나가기가 어려운 처지에 이르렀다.

검황천문이 아예 작심을 하고 검천사자와 고수들을 대거 항주로 보내서 오룡방을 재정비하려 든다면 아무도 거기에 반발하지 못한다.

오룡방 방주에 우창성이라는 새 인물이 임명됐다는데 그자는 검황천문의 상급 일류고수일 가능성이 크다.

그리고 다가오는 보름날에 항주오대중방파와 십이소방파들을 죄다 초대한 것이 매우 의심스럽다.

모르긴 해도 아마 그날 대대적인 지각 변동이 일어날 것이 분명하다.

검황천문에서 항주에 몇 명의 검천사자를 파견했는지 모르지만 어쨌든 검천사자가 왔다는 것은 어느 방파나 문파를 봉문, 해체한다는 뜻이다.

그동안 연검문은 사사건건 오룡방에 비협조적이었으며 오

룡방을 한바탕 짓밟은 전광신수와 철옥신수 즉, 쌍신수와 친하게 지낸다는 소문이 파다하게 퍼졌기 때문에 검천사자에게 제일 먼저 봉문되거나 해체된다고 해도 할 말이 없다.

그럴 바에는 검천사자에게 봉문이나 해체를 당하기 전에 태동화 스스로 연검문의 향방을 정리하는 것이 좋다.

그렇게 생각하면 진검룡이 참으로 시기적절하게 이런 얘기를 잘 꺼냈다고 할 수 있다.

태동화는 잠시 호흡을 가다듬더니 뜨거운 눈빛으로 진검룡을 바라보았다.

"진 대협, 하나만 약속해 주십시오."

"말씀하시오."

"어떤 경우에도 우리 연검문을 버리지 마십시오. 우리와 생사를 함께해 주십시오."

진검룡은 고개를 크게 끄떡였다.

"그야 당연하오."

그는 주먹으로 가슴을 치며 호기롭게 말했다.

"싸움이 벌어지면 내가 제일 선두에 서서 싸울 것이고 물러날 때에는 가장 뒤에서 동료들을 지키겠소."

태동화가 일어나서 크게 고개를 끄떡였다.

"그거면 됩니다."

그는 실내 가운데로 걸어 나와서 앉아 있는 진검룡 앞에 우뚝 서며 자세를 바로 했다.

그가 무엇을 할 것인지 짐작하는 정무웅은 극도로 긴장하여 힘줄이 튀어나왔다.

태동화는 진검룡을 향해 그 자리에 무릎을 꿇으면서 엄숙하게 외쳤다.

"속하 태동화와 연검문 문하제자 백칠십팔 명을 주군께 바치오니 거두어주십시오!"

목소리는 크지 않았으나 실내를 은은하게 울려서 그의 진심이 파도처럼 퍼져 나갔다.

정무웅도 급히 태동화 뒤에서 진검룡을 향해 부복했다. 그는 진검룡의 친구이지만 지금 이 순간은 수하다.

진검룡은 앉아 있지 못하고 일어섰다. 그는 가슴이 울렁거렸고 뜨거운 그 무엇이 치밀어 올랐다.

얼마 전까지만 해도 그는 연검문주 태동화 같은 거물하고는 눈조차 마주치지 못할 정도의 미천한 신분이었다.

그런데 이제는 그와 연검문을 휘하로 두게 되었으니 어찌 가슴이 벅차지 않겠는가.

바로 그때 문이 거칠게 열리면서 연검문 문하제자 한 명이 들이닥치며 다급하게 외쳤다.

"문주! 검천사자가 왔습니다!"

"……."

진검룡 앞에 무릎을 꿇고 있는 태동화는 순간적으로 문하제자가 무슨 말을 하는지 이해하지 못했다.

아니, 검천사자가 무얼 뜻하는지 몰랐다. 그 정도로 갑작스러운 일이기 때문이다.

"문주!"

문하제자가 다급하게 부르자 태동화는 그제야 번쩍 정신을 차렸다.

"검황천문의 검천사자가 왔다는 말이냐?"

"그렇습니다. 검천사자가 검황천문의 고수 삼십 명을 이끌고 왔습니다!"

문하제자는 악을 쓰듯이 외치며 보고했다.

"도대체 어째서……."

불길한 기운이 태동화를 엄습했다.

검천사자의 주된 임무는 남천무림 지역의 방파나 문파를 봉문, 해체시키거나 수장을 죽이든가, 아니면 검황천문으로 압송하는 일이다.

그것은 검천사자가 연검문을 봉문하거나 해체할 수도 있으며 그게 아니면 태동화를 죽이거나 검황천문으로 압송하기 위해서 왔다는 뜻이다.

진검룡이 굳건한 표정을 지으면서 먼저 일어나 민수림과 함께 문으로 걸어갔다.

"나가보세."

"아……."

그제야 태동화는 이곳에 진검룡과 민수림이 있다는 사실을 깨닫고 한 가닥 기대 어린 표정을 떠올렸다.

태동화가 알고 있는 진검룡은 굉장한 고수다. 어쩌면 검천사자보다 더 고강할지도 모른다.

게다가 진검룡보다 훨씬 더 고강한 민수림까지 여기에 있다. 거기에 생각이 미치자 태동화는 언제 그랬느냐는 듯 환한 표정을 지었다.

검천사자는 이미 대전에 들어와 있었다. 일신에 짙은 흑삼을 입고 머리에는 붉은색 띠가 둘러진 관을 쓴 사십 대 중반의 키가 큰 인물이 혼자 우뚝 서 있었다.

그리고 그자의 뒤쪽에 정확하게 삼십 명의 흑의 고수들이 질서 있게 줄을 맞춰서 도열해 있다.

검천사자와 검황천문 고수들의 공통점이 있다면 둘 다 흑의를 입었으며 왼쪽 가슴에 동그란 황색 원형 안에 세로로 '劍天'이라는 두 글자가 수놓아져 있다는 것이다.

이들이 연검문 문주의 집무실인 이곳에 들어와 있는 것을 보면 연검문에서 아무도 이들을 막지 않은, 아니, 막지 못한 모양이다.

저벅저벅⋯⋯.

대전 안쪽에서 진검룡과 민수림, 태동화, 정무웅, 그리고 십여 명의 문하제자들이 걸어 나왔다.

앞장선 진검룡은 검황천문 무리의 앞쪽에 서 있는 검천사자라고 짐작되는 인물을 향해 똑바로 걸어가다가 다섯 걸음 앞에 멈추었다.

진검룡과 민수림은 태연한 얼굴이지만 진검룡 왼쪽에 서 있는 태동화와 정무웅은 극도로 긴장한 데다 눈까지 부릅뜨고 있는 모습이다.

태동화가 봤을 때 검천사자는 연검문의 사활이 걸린 일로 온 것이 분명했다.

진검룡은 검천사자에게 슬쩍 턱을 쳐들면서 약간 거만한 자세로 물었다.

"네가 검천사자냐?"

검황천문에는 도합 백 명의 검천사자가 있으며 검황천문 내의 십이등급 중에서 오등급 즉, 검천십이류(劍天十二流) 중에 검천오류(劍天五流)에 속한다.

검황천문에서는 지위에 상관없이 무공 수위를 검천십이류로 분류하고 있다.

검황천문 내에서 검천오류라고 하면 무림에서 대문파 장로급 실력이다.

최소한 삼 갑자 백팔십 년 이상의 공력을 지닌 데다 검황천문의 독문무공을 익혔으므로 무림에서는 가히 적수를 찾아보기 어렵다고 봐야 한다.

그래서 검천사자가 떴다 하면 산천초목이 죄다 벌벌 떨면서 숨죽이는 것이다.

그런데 여기 남천무림의 저승사자라고 불리는 검천사자 면

전에서 갖은 거만을 떨며 '네가 검천사자냐?'고 묻는 새파란 애송이가 나타났다.

그러나 검천사자쯤 되면 이 정도의 도발에 일절 흔들리지 않는 정신 수양이 되어 있다.

검천사자는 조용히 되물었다.

"그렇다. 너는 누구냐?"

"너는 알 자격이 없다."

검천사자의 미간이 살짝 찌푸려졌지만 그게 전부다. 그는 아예 감정이 없는 듯 추호도 화를 내지 않았다. 오히려 차분하게 설명하듯이 말했다.

"나는 연검문을 해체하여 오룡방에 통합시키는 한편 연검문주 태동화를 검천으로 압송하러 왔다. 명을 받들지 않으면 쓸어버리겠다."

진검룡은 수염도 없는 턱을 쓰다듬으며 조금 거들먹거리듯이 말했다.

"항주에서는 연검문 하나만 오룡방에 통합시킬 셈이냐? 아니면 더 있느냐?"

검천사자는 더 이상 진검룡 물음에 대답하지 않고 곧바로 태동화를 보며 중얼거리듯이 말했다.

"연검문주 태동화인가?"

태동화는 가볍게 고개를 끄떡였다.

"그렇소."

그는 감히 진검룡처럼 거들먹거리는 행동의 흉내조차 내지 못했다. 그러기에는 검천사자라는 존재가 너무도 거대하기 때문이다.

第四十九章

십이소방파(十二小幫派)

검천사자는 짙은 안개처럼 자욱한 시선으로 태동화를 응시하며 물었다.

"검천의 명을 순순히 받들 텐가?"

"주군께서 허락하시면 그렇게 하겠소."

검천사자는 보통 사람들하고는 다르게 태동화가 조금 경직되었을 뿐이지 전혀 겁을 먹지 않은 모습을 보고 뭔가 믿는 구석이 있는 것이라고 판단했다.

그리고 방금 태동화가 '주군의 허락'이라고 말하면서 진검룡을 쳐다본 것을 놓치지 않았다.

검천사자의 풍부한 경험에 의하면 처음부터 저기 새파랗게 젊은 약관의 청년이 무언가 심상치 않다고 여겨졌다.

검천사자인 줄 알면서도 거만하게 나온다는 것은 그만한 능력이 있기 때문일 것이다.

옛말에도 재주가 없다면 천자 앞에 나설 수 없다고 했다.

그러나 검천사자는 얘기를 길게 하고 싶지 않았다. 조금 전에 저 청년에게 누구냐고 물으니까 '너는 알 자격이 없다'는 곱지 않은 대답이 돌아왔다.

길고도 지루하게, 그리고 부질없는 대화를 주고받는 것을 싫어하는 것은 고수들만의 특징이다.

저 새파란 애송이가 누군지 조금 궁금하긴 하지만 그런 건 상관없다.

일단 제압해 버리면 누군지 알게 될 것이다.

그러다가 자칫 실수하여 죽이기라도 하면 그래도 하는 수 없다. 궁금증은 그냥 덮어두면 된다.

여태껏 살아오면서 궁금한 것들을 전부 알려고 했다면 진작에 시체가 됐을 것이다.

검천사자는 어깨를 약간 펴면서 진검룡에게 말했다.

"어떻게 할 것인지 말해라. 그대로 해주마."

진검룡은 빙그레 웃었다.

"고마운 말이다. 그럼 우선 너는 스스로 무공을 폐지한 다음에 내 앞에 무릎을 꿇어라."

건방지다 못해서 광폭하기 짝이 없는 말이다. 검천사자가 보기에 진검룡은 미친놈이 분명하다.

미치지 않고서야 검천사자 앞에서 저럴 수가 없다. 검천사자는 이런 모욕을 참 오랜만에 당해본다.

각진 얼굴에 강파른 인상을 지닌 검천사자의 관자놀이가 미미하게 꿈틀거렸다. 기분이 나빠졌는데도 참고 있는 것이 틀림없다.

검천사자는 진검룡이 말로 해서는 들어먹지 않을 놈이라는 판단을 내렸다.

그는 오른손을 들어 올려 어깨의 검파를 잡고 진검룡을 향해 똑바로 섰다.

일단 진검룡의 팔다리를 하나 잘라놔서 무서움을 가르친 후에 다음 얘기를 하기로 마음먹었다.

민수림이 검천사자를 유심히 주시하더니 진검룡에게 전음을 보냈다.

[저자는 발검술을 발휘할 거예요.]

검천사자가 검파를 잡은 상태에서 검을 뽑지 않고 있기 때문이다.

진검룡이 돌아보지 않고 물었다.

[발검술이 뭡니까?]

[검을 뽑는 것과 동시에 공격을 전개하는 검법이에요. 워낙 빠르기 때문에 저자가 먼저 발검을 하면 검룡은 피하기 바빠

서 반격할 기회가 없을 것 같아요.]

검천사자는 지금껏 수백 번 적들과 싸움을 해봤지만 단 한 번도 상대를 얕본 적이 없었다.

무공의 높고 낮음을 떠나서 수명이 짧은 사람들의 공통점은 경솔하다는 것이고 경솔함의 거의 대부분을 차지하는 것이 상대를 얕보는 즉, 과소평가하는 것이다.

비슷한 무공을 지니고 있더라도 신중한 사람과 경솔한 사람의 수명은 그래서 늘 차이가 있는 것이다. 경솔한 자가 장수하는 것은 기적에 가깝다.

검천사자는 늘 그랬듯이 이번에도 전력을 다할 생각이다.

진검룡을 높게 평가해서가 아니다.

호랑이가 토끼 한 마리를 잡을 때에도 최선과 전력을 다하는 것과 같은 이치다.

그는 검파를 움켜잡은 오른손에 자신의 전 공력인 백구십 년을 가득 주입한 상태에서 다섯 걸음 전면의 진검룡을 차갑게 주시했다.

장내는 팽팽한 긴장이 감돌고 있다. 검천사자가 발검 자세를 취하고 있기 때문이다.

츄웅!

마침내 검천사자는 진검룡에게 곧장 번개처럼 빠르게 쏘아가 발검하면서 검을 힘껏 뻗었다.

쉬이잉!

그의 자랑인 와선검풍(渦旋劍風)이 폭발하듯이 뿜어지며 한 겨울 북풍 같은 파공음을 토해냈다.

검천사자의 검이 진검룡에게 이르기도 전에 맹렬하게 회전 하는 검풍이 일직선으로 쏘아갔다. 거기에 스치기만 해도 몸 뚱이가 찢어져 나갈 것 같았다.

그런데 그 순간 검천사자는 움찔했다.

"……."

눈앞에 있어야 할 진검룡이 갑자기 보이지 않았다. 아예 처음부터 그 자리에 없었던 것 같다.

그럴 리가 없다. 검천사자가 발검하면서 쏘아오며 한순간도 진검룡에게서 눈을 떼지 않았는데 감쪽같이 사라지다니 말이 안 된다.

그렇다면 둘 중 하나다. 새파란 애송이가 처음부터 저기에 없었든가, 아니면 지독히도 빠른 속도로 사라져서 검천사자의 이목을 속인 것이다.

그렇지만 새파란 애송이는 처음부터 저 자리에 있었던 것이 분명하다.

건방지게 나불거리면서 검천사자의 속을 북북 긁었다. 그러니까 그가 처음부터 저기에 없었다는 것은 말도 되지 않는다.

그러므로 지금 이 순간에 검천사자가 취해야 할 행동은 애송이가 머리 위나 등 뒤에서 기습할 것에 대비하여 재빨리 적절한 반격을 가하거나 피하는 일이다.

그것도 최대한 빠르게.

…라고 생각하고 있을 때 무언가 둔탁한 것이 그의 뒷머리를 가볍게 툭 건드렸다.

투우…….

"억!"

그 순간 검천사자는 머릿속에 들어 있는 것들이 이마를 통해서 송두리째 빠져나가는 듯한 느낌을 받았다. 아프지는 않았으나 멍한 느낌이 들었다.

그는 아무것도 보지 못했지만 다른 사람들은 흐릿하게나마 볼 수 있었다.

검천사자가 발검하는 것과 같은 순간 진검룡의 모습이 흐릿해지면서 유령처럼 사라졌다.

그리고 다음 순간 검천사자의 머리 위에 나타나서는 발끝으로 살짝 그의 뒤통수를 건드리는 광경을 말이다.

뒤통수를 걷어차인 검천사자는 몸이 허공에 붕 떠서 엎드린 자세로 날아갔다.

빠르지도 느리지도 않게 둥둥 떠서 마치 꿈을 꾸듯 강물이 흐르듯이 날아갔다.

바닥을 향해 엎드린 자세로 날아가고 있는 그는 믿어지지 않는다는 표정을 지었다.

혹시 자신이 지금 꿈을 꾸고 있는 것이 아닌가 하는 생각마저 들었다.

이십 세 남짓한 새파란 애송이에게 뒤통수를 걷어차였다는 사실이 믿어지지 않기 때문이다. 도대체 어쩌다가 이렇게 된 것인지 이해할 수가 없다.

민수림이 진검룡에게 가르쳐 준 경공술 무영능공표는 지상과 허공에서 사용할 수 있다. 방금 전에 진검룡은 허공에서 사용하는 능공표를 전개했다.

그래서 눈 깜짝할 사이에, 모든 사람들이 육안으로 제대로 식별하지 못할 만큼 빠른 속도로 검천사자 머리 위로 날아가서 대라벽산의 수법을 발휘하여 발끝으로 그자의 뒤통수를 살짝 찬 것이다.

'애송이 따위가!'

검천사자는 불끈 공력을 끌어올려 날아가는 것을 즉각 멈추면서 몸을 뒤집으며, 진검룡의 재차 공격에 대비하기 위하여 맹렬히 검을 휘둘렀다.

쉬이익! 쉬잇!

상대가 어디에 있는지 확인하지도 않은 채 무작정 검을 휘두르는 것은 삼류무사나 하는 짓인데 그걸 쟁쟁한 검천사자가 하고 있다.

다른 사람들이 볼 때 그의 행동은 정신 나간 사람이 마구 몸부림치는 것 같다.

그런데 그 순간, 수만 근 무게의 거대한 바위가 떨어지는 듯한 충격이 그의 가슴을 강타하며 짓눌렀다.

쾅!

"흐악!"

쿠앙!

진검룡이 대라벽산의 수법으로 검천사자의 가슴을 발로 찍어버리자 발바닥에서 강력한 경기가 뿜어져서 그의 가슴을 강타해 버렸다.

검천사자는 그대로 정신을 잃고 아래로 쏜살같이 추락하여 대전 바닥을 뚫고는 그 속으로 깊숙이 사라졌다.

슛…….

진검룡은 새로 생긴 커다란 구덩이 옆에 사뿐히 내려서서 아래를 굽어보았다.

검천사자는 누운 자세로 바닥을 뚫고 다섯 자 깊이에 파묻혀서 꼼짝도 하지 않았다.

그는 눈을 부릅뜨고 있지만 진검룡이 봤을 때 눈을 뜬 채 혼절한 것이 분명했다.

차차창!

그때 삼십 명의 검황천문 고수들이 일제히 검을 뽑는 것과 동시에 진검룡을 향해 덮쳐오는데 그 기세가 실로 거친 파도처럼 대단했다.

누가 공격하라고 명령하지도 않았는데 일사불란한 행동이

다. 우두머리인 검천사자가 진검룡에게 단 이초식 만에 당해서 바닥의 구덩이 속에 파묻혀 버렸으니 수하들로서 가만히 있을 수 없을 것이다.

깜짝 놀란 태동화와 정무웅을 비롯한 문하제자들이 검을 뽑으면서 일제히 마주쳐 나가려는 것을 진검룡이 제지하면서 마주쳐 나갔다.

"물러나라!"

태동화는 급히 멈추면서 손짓으로 제자들에게 물러나라는 신호를 보냈다.

진검룡은 무형검 순정강검도 만들어내지 않은 채 맨손으로 삼십 명을 향해 돌진해 갔다.

그가 삼십 명의 우두머리인 검천사자를 상대해 보니까 별거 아니었다.

그래서 그의 수하 삼십 명쯤은 혼자 맨주먹으로 충분히 상대할 수 있을 것 같다는 자신감이 생겼다.

민수림도 능히 그럴 수 있을 거라는 생각으로 그를 돕지 않고 지켜보기만 했다.

삼십 명의 검황천문 일류고수들이 번쩍이는 검을 뽑아 쥐고 진검룡 한 사람을 향해 덮쳐오고 있다.

슈우웃!

쏘아가는 진검룡은 삼십 명 선두 한가운데를 부딪치면서 대라벽산 이초식 숭양권을 발휘했다.

숭양권은 한꺼번에 여러 개의 목표를 향해서 최대 열여덟 개의 주먹을 뿜어낼 수 있다.

진검룡은 선두 한복판을 뚫으면서 반 장 이내에 있는 적 여덟 명에게 두 주먹을 발출했다.

그의 주먹은 보이지 않고 흐릿한 반투명의 그림자들이 전방과 좌우로 소나기처럼 쏟아져 나갔다.

슈슈슈우우-!

빛처럼 빠르고 송곳으로 찌르듯이 정확한 권경(拳勁)이다.

퍼퍼퍼퍼퍽!

"큭!"

"컥!"

"허윽!"

그의 주먹이 실제로 몸에 닿지 않았는데도 적 여덟 명이 가슴과 복부에 강력한 일권씩을 적중당해 지푸라기처럼 허공으로 붕붕 날아갔다.

진검룡이 여덟 명에게 주먹을 날렸는데 한 명도 놓치지 않고 여덟 명 다 날아갔다.

그가 숭양권 열여덟 개 즉, 십팔권을 발출한 이유는 적들이 피할 곳을 가로막기 위해서다.

절대 피할 수 없을 정도의 빠르기지만 만약이라는 것이 있기 때문이다.

그러나 그는 방금의 공격을 검황천문 고수들이 절대로 피하지 못하는 것을 보고 그런 게 쓸데없다고 판단했다.

촌각의 차이가 있을 뿐이지 진검룡이 두 번째 대라벽산 숭양권을 전개하자 다른 적들도 곧 뒤따라서 애절한 비명을 지르며 허공을 날아갔다.

퍼퍼퍼퍼퍽!

"아악!"

"크아악!"

진검룡으로서는 굳이 숭양권보다 더 강력하고 빠른 초식을 전개할 필요가 없다.

숭양권마저도 이들에겐 절대로 피하지 못하는 신의 초식이기 때문이다.

적 삼십 명은 어이없게 손에 쥐고 있는 검을 단 한 차례도 휘둘러보지 못했다.

진검룡이 보여야지만 검을 휘둘러 공격을 할 텐데, 그가 워낙 빠르게 쇄도해 오고 또 멀리에서 주먹을 뻗어 권경을 만들어서 뿜어내기 때문에 그저 덮쳐가다가 당하는 수밖에 어떻게 해볼 도리가 없다.

그것도 그렇지만 진검룡이 삼십 명을 모조리 날려 버리는 데에는 불과 두 호흡 정도만 걸렸을 뿐이다.

태동화와 정무웅 등은 적 삼십 명이 모조리 허공에 떠서 사방으로 날아가고 있는 광경을 쳐다보면서 망연자실 넋 잃은 표정을 지을 뿐이다.

그들은 진검룡이 고강하다는 사실을 알고 있었지만 이 정도일 줄은 몰랐다.

그들이 '진검룡의 수준이 이 정도구나'라고 생각하면 다음에 만났을 때에는 그보다 훨씬 더 고강한 모습을 보여주었다.

민수림 한 사람을 제외하고는 지금 이곳 대전에서 벌어지고 있는 광경을 믿는 사람은 아무도 없다.

그때 허공으로 날아가던 적 삼십 명이 앞다투어 사방 바닥을 울리면서 떨어졌다.

쿠쿠쿵! 쿵! 쿵!

그들이 한꺼번에 떨어지면서 대전 바닥과 벽이 우르르 진동을 일으켰다.

그들 삼십 명은 바닥에 널브러진 채 신음 소리만 끙끙 낼 뿐이지 아무도 일어서지 못했다.

진검룡은 그들을 죽이지는 않고 일어나지 못할 정도로만 때려준 것이다.

진검룡은 쓰러진 삼십 명을 둘러보며 뿌듯한 기분이 되었다.

자신이 어느덧 이 정도의 굉장한 고수가 되었다는 사실이 믿어지지 않으면서도 조금쯤 실감이 났다.

그가 몸을 돌려 민수림 옆으로 돌아오는데도 태동화나 정무웅은 정신을 차리지 못하고 있다.

진검룡이 정무웅에게 넌지시 말했다.

"정 형, 저자들을 모두 제압하게."

"아……!"

그제야 정무웅과 태동화 등은 화들짝 정신을 차렸다.

민수림은 진검룡을 보며 훈훈한 미소를 지었다.

[잘했어요.]

진검룡은 아무리 힘들고 어려운 일이 있어도 민수림의 그 한마디면 무조건 만족한다.

*　　　　　*　　　　　*

항주가 거대한 도읍이라고는 하지만 아직까지는 오룡방 세력권이 곳곳에 득실거리고 있다.

그래서 연검문이 혜림원으로 통째로 이사를 하여 통합하는 일은 아무리 조심을 한다고 해도 절대 오룡방의 눈을 속일 수가 없다.

더구나 같은 장항천을 끼고 있는 혜림원과 오룡방의 거리는 불과 삼 리일 뿐이니 연검문 같은 큰 덩치가 혜림원에 들어가는 것을 오룡방이 모를 리가 없을 터이다.

진검룡은 연검문을 당분간 이대로 놔두기로 했다. 혜림원과 연검문이 서로 떨어져 있지만 물밑으로 은밀하게 통합 작업을 하면 된다.

경솔하게 굴다가 오룡방 이목에 걸려들어서 좋을 게 없다. 보름날까지만이라도 감출 수 있으면 감추는 게 좋다.

오룡방의 비룡당주가 수하 백여 명을 이끌고 연검문으로 들이닥쳤다.

검황천문 검천사자와 삼십 명의 고수들이 연검문에서 진검룡 한 사람에게 작살난 지 두 시진 만의 일이다.

연검문에 간 검천사자와 삼십 명의 고수들이 돌아오지 않아서 비룡당주가 확인하러 온 것이다.

비룡당주는 두 명의 심복 수하를 거느리고 연검문주의 집무실로 당당하게 들어섰다.

대전 돌계단 아래 마당에는 백 명의 고수들이 질서 있게 늘어서 있는데 기세가 대단하다.

이들 백 명하고 연검문이 싸움이 붙으면 열이면 열, 이들이 무조건 이긴다.

그 정도로 오룡방 오룡고수들은 고강하다. 아니, 오룡방에 비해서 연검문이 많이 약한 것이다.

오룡방 전 비룡당주는 두어 달 전에 진검룡이 민수림하고 오룡방에 쳐들어갔을 때 그의 주먹에 맞아서 즉사했었다.

그런데 오늘 비룡당주를 자처하고 연검문에 온 인물은 다름 아닌 추형단이다.

그는 며칠 전까지만 해도 오룡방 총당주였던 인물인데 강등되어 비룡당주가 된 것이다.

그럴 수밖에 없는 것이 오룡방주였던 손록이 강등되어 총당주가 됐으니 총당주인 추형단이 온전히 자리보전하고 있을 수 있겠는가.

무참하게 비룡당주로 강등되어 요즘 기분이 몹시 더러운 추형단은 오늘 연검문에서 무슨 꼬투리라도 하나 잡으면 화풀이라도 실컷 해줄 생각이다.

그런데 자신이 왔다는 보고를 이미 받았을 텐데 어쩐 일인지 연검문주 태동화가 코빼기도 보이지 않았다.

'이놈이 감히……'

그래서 추형단은 원래 나빴던 기분이 더 나빠졌다. 오늘은 무슨 일이 있어도 연검문을 한차례 뒤집어놔야겠다고 단단히 별렀다.

그것도 그렇지만 대전 입구에서부터 대전 안에까지 연검문 문하제자가 한 명도 보이지 않는 것이 좀 께름칙했다.

'이것들이 대체……'

그는 걸음을 멈추고 인상을 쓰면서 주위를 둘러보았지만 아무도 없기는 마찬가지다.

그런데 그가 서 있는 곳에서 멀지 않은 대전 바닥에 커다란 구멍이 뚫려 있는 게 보였다.

추형단은 그 구멍이 두 시진 전에 검천사자가 파묻히면서 만들어졌다는 사실을 말해주기 전에는 모를 것이다.

저벅저벅…….

그때 좌측의 문이 열리면서 태동화와 정무웅, 그리고 몇 명의 문하제자들이 들어오더니 곧장 추형단에게 걸어왔다.

추형단은 태동화를 보고는 그러면 그렇지 제깟 놈이, 라는 표정을 지으며 팔짱을 꼈다.

태동화는 추호도 굴하지 않는 표정과 행동으로 추형단 앞까지 와서 마주 섰다.

"무슨 일이오?"

"어…….."

태동화의 당당한 행동에 추형단은 한 대 얻어맞은 것처럼 멍한 표정으로 말을 하지 못했다.

추형단은 태동화를 한두 번 만나는 것이 아니다. 이날까지 셀 수도 없이 많이 만났다.

하지만 태동화가 오늘처럼 뻣뻣하게 그를 대했던 적은 한 번도 없었다.

태동화가 정의롭고 꼬장꼬장한 성격이기는 하지만 오룡방 추형단에게는 무조건 한 수 접어주기 때문이다.

추형단은 즉답을 하지 못하고 태동화에게 무슨 일이 있는 것인지 그의 표정을 살폈다.

그러자 태동화가 꾸짖듯이 엄숙하게 말했다.

"무슨 일로 왔느냐고 묻지 않았소?"

"너……."

기가 막힌 추형단은 태동화에게 무슨 일이 있는지 살피는 것을 그만두었다.

태동화가 하는 짓을 두고 보자니까 속이 뒤집히고 천불이 나는 것 같아서다.

"너 이놈! 뭘 잘못 먹었느냐?"

그래서 예전에는 '하는가'라고 하던 말투를 바꿔서 아예 고 압적으로 찍어 눌렀다.

그런데 찔끔할 줄 알았던 태동화가 뒷짐을 지더니 점잖은 목소리로 타일렀다.

"추형단, 말을 삼가라."

"뭐야?"

"주군의 말씀을 전하겠다."

"……"

태동화가 엄숙하게 말하자 추형단은 '이 미친놈이 무슨 헛 소리야?'라는 표정을 지었다.

추형단이 주군이라고 부를 만한 사람은 전 오룡방주였던 손록 정도인데 평소에 추형단은 손록을 주군이라고 불러본 적이 한 번도 없었다.

더구나 요즘은 손록의 체통이 땅에 떨어진 탓에 그를 보면 인사도 하는 둥 마는 둥 그냥 지나치기 일쑤다.

그런 추형단이거늘 태동화의 주군이라는 말은 열흘 삶은 호박에 이빨도 들어가지 않을 소리다.

추형단이 떨떠름한 표정을 짓고 있자 태동화는 그가 알아들을 수 있는 말을 했다.

"두어 달 전에 손록과 자넨 어느 한 분께 수하가 될 것을 맹세하지 않았었나?"

"아……."

태동화는 고개를 끄떡였다.

"나도 같은 분을 주군으로 모시고 있지만 자네보다는 내가 윗사람일 것 같네."

"……."

추형단은 태동화가 왜 이러는 것인지, 그리고 무슨 말을 하는지 단번에 깨달았다.

두어 달 전에 진검룡은 민수림과 단둘이서 오룡방에 쳐들어와 쑥밭으로 만들어놓고는 손록과 추형단에게 오늘부터 자신의 수하가 되라고 말했었는데, 두 사람은 끝내 무릎을 꿇고 고개를 조아리며 그러겠다고 맹세했다.

그 당시로써는 그러지 않을 수가 없었다. 진검룡의 말에 불복했더라면 손록과 추형단은 그때 이미 죽어서 이 자리에 있지도 못할 것이다.

한 시진쯤 전에 진검룡은 태동화에게 어떤 얘기를 해주고 떠났다.

두어 달 전에 자신과 민수림이 오룡방에 갔다가 손록과 추형단을 수하로 거두었다는 얘기였다.

물론 진검룡이 진심으로 손록과 추형단을 수하로 거두었을 리가 없다.

그런 식으로 손록과 추형단에게 수치를 안겨주었으며 실컷 짓밟아주었다는 뜻이다.

태동화는 조용히 말했다.

"검천사자 때문에 왔는가?"

멍한 얼굴의 추형단은 대답하지 못하고 그냥 고개만 두어 번 끄떡였다.

사실 추형단은 연검문에 간 검천사자와 삼십 명의 검황천문 고수들이 두 시진이 지나도록 돌아오지 않자 오룡방의 새 방주인 우창성의 명령으로 온 것이다.

"그들은 오룡방에 돌아갔다."

태동화의 말에 추형단은 반신반의하는 표정을 지으며 그를 쳐다보았다.

"주군께서 그들을 제압하셔서 잠시 궁금하신 것을 하문하시고는 수레에 태워서 돌려보냈다."

"맙소사……."

추형단은 머릿속으로 해야 할 말을 입 밖으로 흘려낼 정도로 놀라고 말았다.

태동화는 어깨를 펴고 조금쯤 의기양양하게 말했다.

"주군께서 그들 모두 무공을 폐지하셨다. 자네도 주군 성격을 잘 알잖나."

검황천문 검천사자가 어떤 인물인데… 더구나 검황천문 고수 삼십 명까지 진검룡에게 모조리 제압당해서 무공을 잃었다는 것이다.

꿀꺽…….

추형단은 오금이 저려서 마른침을 삼켰다. 두어 달 전에 진검룡 앞에서 너무 겁을 집어먹은 나머지 오줌을 지렸던 일이 생각났다.

"주군께선 오늘 여기에서 있었던 일을 자네와 손록만 알고 있기를 바라시네. 그러니까 이제부터 자네가 어떻게 해야 할지 알겠나?"

추형단은 슬쩍 눈을 내리깔고 보일 듯 말 듯 고개를 끄떡여서 알았다는 뜻을 표했다.

추형단으로선 이러는 수밖에 없다. 이러지 않으면 진검룡에게 죽음을 당하고 말 테니까 말이다.

태동화와 추형단의 대화를 들은 사람이 추형단 뒤에 두 명더 있다.

추형단의 심복 수하인데 지금 벌어진 일을 추형단만 알고 있으려면 이 두 명을 죽여야만 한다.

방금 전에 태동화와 추형단이 나눈 대화가 밖으로 새어 나간다면 추형단이 사면초가의 처지에 놓이고 만다.

손록과 추형단이 전광신수의 수하가 됐다는 것은 항주 사람이라면 다 알고 있는 사실이다.

두어 달 전에 진검룡이 팔백여 명 오룡방 전 수하들을 모아 놓고 그 앞에서 손록과 추형단이 자신의 수하가 됐다는 사실을 밝혔기 때문이다.

그렇지만 그것은 일회성으로 끝나 버렸다. 진검룡이 그날 이후 손록과 추형단을 다시 찾아오지 않았기 때문에 그 일은 유야무야 잊혀 버렸다.

그랬었는데 난데없이 연검문주 태동화의 입에서 그날의 일이 튀어나올 줄은 몰랐다.

"돌아가게."

태동화의 말에 추형단은 무겁게 고개를 끄떡였다.

"음, 알았다."

추형단은 몸을 돌리며 말했다.

"가자."

뒤에 서 있던 두 명의 심복 수하도 몸을 돌렸다.

그 순간 추형단이 재빨리 두 명의 목뒤 두 군데 사혈을 세게 찍어버렸다.

푸푹!

"끅……!"

"허윽……!"

두 명은 몇 걸음 앞으로 비틀거리면서 걸어가다가 썩은 짚단처럼 풀썩 쓰러졌다.

추형단은 씁쓸한 얼굴로 두 명을 일으켜서 양쪽 옆구리에 끼고는 뒤도 돌아보지 않고 대전 밖으로 걸어갔다.

태동화와 정무웅 등은 묵묵히 바라보기만 했다.

추형단이 두 명의 심복 수하를 죽인 것에 대해서 해명하는 것은 그가 할 일이므로 태동화가 신경 쓸 것 없다.

태동화와 정무웅은 등줄기에서 식은땀이 주르륵 흘렀다.

"후우……."

진검룡이 시키는 대로 하긴 했지만 까딱 잘못했으면 대판 싸움이 벌어졌을 것이고 그것으로 연검문은 끝장이 났을 것이라는 생각을 하니까 등줄기에서 땀이 저절로 흘렀다.

오늘 밤도 서호에는 수백 척의 크고 작은 배들이 환하게 오색 등불을 밝히고 떠 있다.

십엽루에서 마련해 준 제법 큼직한 크기의 유람선에 항주 십이소방파 수장들이 다 모였다.

아니, 딱 한 명이 빠졌다. 단기방(端機幇)이라는 소방파의 방주인데, 은조가 직접 단기방에 찾아가서 유려의 말을 전했을 때에는 참석하겠다고 약속해 놓고서 약속 시간이 반시진이나 지난 지금까지도 오지 않고 있다.

이 층 선실의 한가운데에 세로로 긴 탁자가 놓여 있으며 양쪽에 길게 십일소방파 수장 다섯 명과 여섯 명이 마주 보고 앉아 있다.

항주십이소방파는 적게는 삼십 명이고 많아봐야 백 명을 넘지 못하는 말 그대로 소방파들이다.

십이소방파 수장들이 이렇게 한자리에 모인 것이 처음이라서 다들 어색한 얼굴로 헛기침만 쿵쿵! 거리고 있다.

이들은 오룡방에 빌려 쓴 고리대금을 탕감하고 앞으로 먹고살 방법을 의논해 보자는 유려의 말을 전해 듣고는 귀가 솔 깃하여 한달음에 이곳으로 달려온 것이다.

십일소방파 열한 명의 수장들은 불안한 얼굴로 자꾸만 두리번거렸다.

분명히 십엽루 삼엽 은조가 총관 유려의 이름으로 초대하는 것이라고 했는데 은조나 유려가 보이지 않기 때문에 조금 두려워진 것이다.

만약 이 자리가 모종의 함정이기라도 하면 낭패다. 또한 이 사실이 오룡방에 알려진다면 십일소방파는 돌이키지 못할 난감한 상황에 처하게 될 터이다.

이곳 이 층 선실은 매우 넓고 화려해서 한복판에 세로로 놓인 탁자 외에도 양쪽에 푹신한 의자와 태사의, 그리고 다른 탁자 몇 개가 놓여 있다.

척!

그때 한쪽의 문이 열리자 십일소방파 열한 명은 일제히 그쪽을 쳐다보았다.

그 순간 열한 명은 동시에 크게 놀라서 낮은 탄성을 터뜨리며 일제히 벌떡 일어섰다.

"허엇?"

"아니… 루주께서……."

들어선 사람은 다름 아닌 십엽루주 현수란이며 그 옆에는 몸에 착 달라붙은 흑의 경장을 입은 매우 날씬한 이십 대 여자가 따르고 있다.

십일소방파 열한 명은 설마 현수란이 직접 나올 줄은 예상하지 못했다.

자신들 정도 수준이면 총관인 유려가 처리를 해도 감지덕지하기 때문이다.

그런데 현수란 옆에는 십일소방파의 수장들을 직접 만났던 삼엽 은조나 초대한 총관 유려의 모습이 보이지 않고 대신 흑의 경장녀가 따르고 있다.

현수란은 평소에 즐겨 입는 위아래 붉은색의 비단옷 차림이고 손에 옥으로 만든 부채 옥선을 쥐고 있는데, 키가 커서 늘씬하며 예의 농염한 아름다움이 물씬 풍겼다.

십일소방파 열한 명이 일제히 현수란에게 포권을 하면서 허리를 굽혔다.

"혈옥엽을 뵈오!"

현수란은 우아한 동작으로 앉으라는 손짓을 해 보였다.

"다들 앉으세요."

현수란이 먼저 한쪽 끝 의자에 앉고 뒤따라온 여자가 그 뒤에 우뚝 섰다.

第五十章

항주십이소방파

　그런데 그녀는 상석에 앉지 않고 상석에서 가장 가까운 오
른쪽 끝의 빈 의자에 앉았다.

　그것은 그녀가 여기에 있는 사람들을 초대한 주인이 아니
며 더 높은 사람이 올 것이라는 뜻이어서 열한 명은 의아한
표정을 지었다.

　상석에는 두 개의 의자가 나란히 놓여 있으며 그쪽에 가까
운 의자에 앉은 현수란과 십일소방파 중 한 명과의 거리는 두
자 이상 뚝 떨어져 있다.

　십일소방파 수장들은 과연 상석에 누가 앉을 것인지 몹시
궁금했으나 어느 누구도 묻지 못했다.

십일소방파 수장들과 현수란은 수준이 달라도 아주 현격하게 다르다.

현수란의 십엽루는 항주오대중방파의 하나지만 실제 규모나 세력이 항주 양대방파인 오룡방과 금성문에 맞먹는다는 사실을 이곳에 앉아 있는 사람들은 익히 알고 있다.

현수란이 꼿꼿한 자세로 앉아서 지그시 눈을 감고 있어서 십일소방파의 열한 명은 감히 사사로운 인사는커녕 말도 붙이지 못하면서 눈치만 살피고 있다.

그런데 그중 한 명이 넌지시 말문을 열었다.

"현 루주, 누굴 기다리십니까?"

그는 삼십 대 초반의 나이에 호남형이며 체구가 당당한데 남의 경장을 입었고 어깨에는 한 자루 장검을 메고 있다.

감히 아무도 현수란에게 말을 붙이지 못하고 쩔쩔매는데 남의 청년은 조심스럽지만 묻고 싶은 말을 했다.

현수란은 눈을 뜨고 고개만 돌려서 그를 바라보며 엷은 미소를 지었다.

"그래요, 정 문주. 지루하더라도 잠시 기다리세요."

항주십이소방파 중에 청검문(靑劍門)의 문주 정소천(鄭蘇天)은 궁금한 표정을 지었다.

"누가 오시기로 했습니까?"

현수란은 대답하지 않고 방긋 웃기만 했다.

십엽루의 하녀들은 술과 요리는 물론이고 차조차 내오지

않아서 손님들은 그저 멀뚱하게 앉아 있을 뿐이다.

그때 조금 전에 말한 정소천 맞은편에 앉은 가장 나이 많은 연장자가 지루한 듯 하품을 하면서 말했다.

"현 루주, 술이나 좀 주시오. 그러면 내일 아침까지라도 기다릴 수 있소."

현수란은 팔을 쭉 뻗어서 손바닥을 펼쳐 보이며 짐짓 엄하게 말했다.

"당 원주(院主), 기다리세요."

유림검원(儒林劍院)이라는 조금 독특한 이름의 소방파 원주인 당성유(唐成儒)는 입맛을 쩝쩝 다셨다.

이들 열한 명 중에서 그래도 청검문주 정소천과 유림검원주 당성유 정도만이 현수란에게 말을 거는데 평소 약간의 친분이 있기 때문이다.

척!

바로 그때 문이 열리자 모두들 그곳을 쳐다보았다.

은조가 들어서면서 추호의 감정도 없이 메마른 목소리로 실내를 향해 말했다.

"진 대협께서 오십니다."

"오셨어?"

순간 현수란이 예쁜 비명을 지르면서 발딱 일어나더니 문으로 달려갔다.

중인들은 깜짝 놀라서 우르르 일어섰다. 누가 와서 놀란 게 아니라 누가 왔다는 말에 현수란이 보인 예상하지 못한 반응 때문이다.

중인들이 아는 바로는 항주의 어느 누구도 현수란에게 이런 반응을 불러일으키지는 못한다.

중인들의 시선이 일제히 문으로 집중됐다.

그리고 누군가 성큼 안으로 들어섰다.

앞장서 들어선 사람은 진검룡이고 뒤따라 들어온 사람은 민수림, 그리고 마지막에 유려가 들어섰다.

"아……!"

"맙소사……."

"어떻게 저런……."

중인들의 시선이 일제히 민수림에게 쏠리더니 한꺼번에 탄성이 터져 나왔다.

어디에서든지 벌어지는 일로, 민수림의 절세적인 천상의 미모를 본 중인들의 약속된 반응이다.

현수란의 미모는 항주를 들었다 놨다 할 정도지만 민수림에 비할 바는 못 된다.

아니, 비교한다는 자체가 민수림의 미모에 대한 불경이다. 현수란도 그것을 인정한다.

실내에 여자는 현수란과 그녀의 호위고수 흑의녀, 유려, 은조, 그리고 십일소방파 수장들 중 한 명을 포함하여 도합 다섯 명이지만 중인들의 반응에 기분이 상하지 않았다.

그녀들마저도 민수림의 절세미모에 넋을 잃고 쳐다보는 중이기 때문이다.

진검룡은 사람들이 민수림 미모에 넋을 잃는 광경을 질리도록 봤기 때문에 이제는 아무렇지도 않다.

아니, 민수림이 자신의 여자라고 생각하기 때문에 괜히 어깨가 으쓱거린다.

현수란은 매번 민수림을 볼 때마다 넋이 빠지고 감탄에 감탄을 거듭한다.

현수란은 민수림을 보고 한바탕 감탄을 하고 나서야 진검룡에게 시선을 주었다.

"어서 오세요, 진 대협. 죄송해요."

"괜찮소."

진검룡은 빙그레 미소 지었다. 내 여자를 보면서 정신이 나가 있었는데 뭐가 죄송하다는 말인가. 그런 것이라면 하루 종일이라도 괜찮다.

현수란이 자리를 안내했다.

"앉으세요, 진 대협, 소저."

진검룡과 민수림이 상석에 나란히 앉는 것을 보고 중인들은 궁금증이 해소되는 것이 아니라 더 가중되었다.

저토록 잘난 일남일녀가 대체 누구기에 현수란이 더할 수 없이 깍듯하며 또한 상석에 버젓이 앉느냐는 것이다.

진검룡 쪽에는 현수란이 앉았고 그녀의 맞은편 즉, 민수림쪽에는 유려가 가까이 앉았으며 두 사람 뒤에는 은조가 팔짱을 낀 채 우뚝 섰다.

또한 현수란 세 걸음 뒤에는 흑의녀가 한 그루 나무처럼 뻣뻣하게 서 있다.

현수란이 진검룡과 민수림을 향해 정중하게 손을 뻗으며 중인들에게 소개했다.

"여러분, 전광신수와 철옥신수이십니다."

"아······!"

"설마······."

"쌍신수!"

다음 순간 중인들은 한꺼번에 경악성과 탄성을 와르르 쏟아냈다. 절반 이상은 우르르 일어서기까지 했다.

진검룡과 민수림은 일어나서 포권을 하고는 좌우로 흔들어 보이면서 인사했다.

"진검룡이오."

"민수림이에요."

그러나 중인들은 인사할 생각을 하지 못하고 망연한 표정으로 두 사람을 바라보기만 했다.

"뭣들 하세요? 인사를 해야죠."

"아······!"

"앗!"

현수란이 지적을 해서야 중인들은 정신을 차리고 서둘러

포권을 하며 자신들을 소개했다.

하녀들이 술과 요리를 차리는 동안에도 중인들은 진검룡과 민수림에게서 시선을 떼지 못했다.

두 사람이 누군지 몰랐을 때에는 민수림의 절세적인 미모 때문에 그녀를 주시하느라 정신이 없었으나 두 사람이 누군지 알고 나서는 진검룡이 더 많은 시선을 받았다.

왜냐하면 비웅보를 쑥밭으로 만든 후에 비웅보주 부호량의 무공을 폐지하고 이후 오룡방주 손록과 총당주 추형단을 수하로 삼았던 사람이 다름 아닌 전광신수였기 때문이다.

전광신수의 눈부신 활약상은 항주 인근에서 모르는 사람이 없을 정도다.

여북하면 코흘리개 아이들까지도 모이기만 하면 전광신수 놀이를 한다고 법석을 떤다.

아무도 술을 마시지 않았다. 지금부터 마시게 될 술이 벌주인지 경주인지 알고 마셔야 하기 때문이다.

그걸 잘 알고 있는 현수란이 공손히 진검룡에게 권했다.

"진 대협, 말씀을 하시죠."

"고맙소."

진검룡은 미소를 지으며 진정 어린 표정으로 현수란에게 고개를 숙여 보였다.

그가 우연찮은 기회에 현수란의 무남독녀인 소효령을 구해

준 인연으로 현수란을 알게 되었지만 그때부터 베푼 은혜보다 훨씬 더 큰 도움을 받은 것을 부인할 수가 없다.

지금 진검룡과 민수림이 계획하고 있는 것들은 현수란이 아니었으면 절대로 꿈도 꾸지 못할 일이다.

진검룡이 평소하고는 다르게 고개를 숙이면서 진심 어린 감사를 표하자 현수란은 왠지 가슴이 뭉클했다.

그녀가 보기에 진검룡은 나날이 점점 더 대인의 풍모를 갖추어가는 것 같았다.

또한 사내대장부로서의 기개도 나날이 다듬어지고 있다. 처음에 봤을 때는 어딘가 좀 어설펐는데 지금은 사람들의 시선을 잡아끌 정도로 대장부다워졌다.

늠름한 자세로 앉아 있는 진검룡은 좌중을 한 차례 쓸어보고 나서 묵직하게 입을 열었다.

"보름날 영웅문이 개파하오."

거두절미 불쑥 내뱉은 그의 말에 열한 명은 움찔 몸을 떨 정도로 놀랐다.

항주에서 칼을 쥐고 행세하는 사람이라면 이번 보름날이 무슨 날인지 잘 알고 있다.

오룡방이 항주오대중방파와 십이소방파들을 모두 오룡방으로 초대한 날이다.

그런데 바로 그날 이름도 들어본 적 없는 영웅문이라는 문파가 개파한다는 것이다.

그러나 아무도 입을 열어서 영웅문이 무엇이며 누가 개파하는 것인지 묻지 않았다.

장내의 분위기가 무거운 데다 상황이 매우 진지하고 심각하기 때문이다.

진검룡이 엄지손가락으로 자신의 가슴을 가리키면서 말을 이었다.

"내가 영웅문주요."

이어서 민수림을 가리켰다.

"그리고 이 사람이 태상문주요."

민수림은 깜짝 놀랐다. 진검룡은 모든 것을 그녀와 의논하지만 민수림이 태상문주라니, 거기에 대해서는 입도 벙긋한 적이 없었다.

문파에서는 문주 위가 태상문주다.

문주가 나이가 들어 제자나 자식에게 문주 자리를 물려주고 나서 태상문주로 물러나 앉는 경우가 있지만, 지금처럼 젊은 청년 두 명이 문주와 태상문주의 지위를 맡을 경우에는 무조건 태상문주의 지위가 더 높다. 그러니까 진검룡은 스스로를 낮춰서 민수림 아래에 둔 것이다.

그러나 민수림은 자신이 태상문주에 앉지 않겠다고 반박하지 못했다.

자리가 자리이니만큼 이곳에서 영웅문의 지위를 갖고 진검룡과 티격태격하면 집안싸움처럼 보일 것이니 웃음거리가 되고 말기 때문이다.

더구나 진검룡은 고집이 세기 때문에 한번 한다고 하면 기필코 하고야 만다. 그걸 이런 자리에서 몇 마디 말로 꺾을 수는 없는 노릇이다.

민수림은 진검룡을 살짝 보일 듯 말 듯 흘겨보는 것으로 이일을 덮기로 했다.

그녀 성격에 한번 덮으면 그만이다. 나중에 이걸 갖고 두번 다시 얘기하지 않을 것이다.

"내 목적은 하나요. 항주는 항주 사람의 손으로 지켜야 한다는 것이오."

십일소방파의 수장들만이 아니라 현수란도 진검룡의 계획에 대해서 궁금하게 여기고 있으므로 그의 말을 자르지 않고 다음 말을 기다렸다.

"검황천문의 개 노릇을 하는 오룡방이 항주를 마음대로 주무르도록 놔둘 수는 없소."

십일소방파 수장들은 진검룡의 얼굴을 빤히 응시했다. 그들의 표정은 '그래서 뭘 어쩌자는 건데?'라고 물었다.

진검룡이 주먹을 쥐었다.

"우리 뭉칩시다."

척!

그때 문이 열리고 태동화와 정무웅이 들어왔다.

중인들은 연검문주인 태동화를 보고 크게 놀라서 우르르

모두 일어섰다. 그가 여기에 나타날 일이 없기 때문이다.

그런데 태동화는 가까이 다가와서 진검룡에게 공손히 포권을 하며 허리를 굽혔다.

"주군."

태동화가 진검룡을 주군이라고 부르자 중인들의 놀라움은 혼절할 정도의 경악으로 변했다.

항주오대중방파 중 하나인 연검문의 문주가 진검룡더러 주군이라고 한다면 연검문이 영웅문 휘하라는 뜻이 아닌가.

그때 현수란이 갑자기 진검룡에게 포권하면서 허리를 굽혔다.

"주군."

태동화에 이어서 현수란마저 진검룡을 주군이라고 부르자 장내는 말 그대로 아비규환이 됐다.

현수란은 진검룡에게 포권을 한 상태에서 중인들을 향해 엄숙하게 말했다.

"십엽루는 주군 휘하에 들기를 간청합니다."

십일소방파 수장들은 입에 거품을 물 정도로 대경실색했다.

"맙소사……."

"이게 도대체……."

연검문만이 아니라 십엽루마저, 그것도 자진해서 진검룡 휘하에 들겠다고 간청하다니 중인은 이 상황을 어떻게 받아들여야 할지 갈팡질팡했다.

* * *

진검룡은 현수란이 자신에게 힘을 실어주기 위해서 이러는
것이라고 생각했다.

하지만 십엽루처럼 거대한 조직을 말 한마디로 덜컥 받아들
일 수는 없는 일이다.

진검룡의 그런 마음을 읽은 현수란은 고개를 깊이 숙이며
더없이 진지하게 말했다.

"항주를 항주 사람 힘으로 지키는 일에 십엽루도 일익을 담
당하고 싶어요. 부디 거두어주세요."

진검룡이 난감해서 어쩔 줄 모르는데 민수림의 전음이 조
용히 들렸다.

[십엽루를 거두세요.]

민수림의 말이 떨어진 이상 '왜요?'는 있을 수 없다. 그녀가
그렇게 하라고 하면 따르는 것이 최고다. 그녀는 무조건 옳기
때문이다.

진검룡은 두 손을 뻗어 현수란의 양어깨를 잡고 허리를 펴
게 해주었다.

"고맙소. 잘 부탁하오."

"고마워요, 주군."

현수란은 방그레 웃으면서 진검룡을 바라보았다.

얼마 전까지 현수란 수하였던 유려와 은조는 적잖이 놀라는 표정으로 현수란을 쳐다보았다.

그녀들이 알고 있는 현수란은 심해처럼 속이 깊고 이해타산이 빠른 사람이다.

그런 그녀가 자신은 물론이고 십엽루까지 통째로 아직 햇병아리라고 할 수 있는 진검룡에게 바치겠다고 하니 그저 아연실색 놀랄 뿐이다.

유려가 자리를 양보하여 그 자리에 태동화가 앉고 유려는 그 옆에 앉았다.

그래서 진검룡과 민수림 양쪽에는 십엽루주 현수란과 연검문주 태동화가 마치 양 날개처럼 앉았다.

일이 이쯤 되고 보니 좌중의 십일소방파 수장들이 진검룡과 민수림을 보는 눈이 많이 달라졌다.

항주제일방파를 자처하는 오룡방이라고 해도 항주오대중방파의 두 곳을 좌우에 거느리고 있지 못하다.

실세로는 오룡방을 능가한다는 십엽루와 소수 정예로 똘똘 뭉친 연검문, 게다가 십이소방파 전체를 끌어안은 신생 영웅문이 탄생한다면 모르긴 해도 항주에 거대한 지각 변동이 일어날 것이 분명하다.

거기에 현수란이 쐐기를 박았다.

"여러분이 오룡방 소유의 전장에 빚진 돈을 주군께서 모두 갚아주실 거예요."

십일소방파 수장들의 눈이 반짝거렸다.

"뿐만 아니라 앞으로 여러분의 문파가 풍족하게 생활할 수 있도록 터전을 마련해 주겠어요."

십일소방파 수장들은 눈이 반짝거릴 뿐만 아니라 입까지 크게 벌어졌다.

현재 이들의 상황은 설상가상이라는 말이 딱 맞는다. 오래 전부터 수입이 전혀 없는 상황에 오룡방이 운영하고 있는 전장(錢莊)에서 계속 고리대금을 빌려 쓰다 보니까 이제는 원금보다 이자가 눈덩이처럼 불어나, 지니고 있는 문파나 방파를 판다고 해도 갚지 못하는 피눈물 나는 상황에 직면하고 말았다.

그런 상황인데도 먹고살기 위해서 계속 돈을 빌려야 하는 악순환이 쳇바퀴처럼 돌고 있는 것이다.

항주에서 돈을 빌릴 곳은 오룡방 소유의 전장이 유일하다. 다른 전장에서는 오룡방의 보복이 무서워서 돈을 빌려주지 않기 때문이다.

그러므로 십이소방파는 말 그대로 죽지 못해서 근근이 살아가고 있는 것이다.

십일소방파 중에서 운해검문(雲海劍門) 같은 경우는 빚이 은자 팔십만 냥으로 가장 많다.

운해검문이 십이소방파 중에서 가장 규모가 크기 때문에 빚이 많을 수밖에 없었다.

그러나 지금 당장 운해검문을 매물로 내놓는다고 해도 살 사람이 선뜻 나서지 않을뿐더러 설사 누가 산다고 해도 은자 팔십만 냥은 말도 안 되는 가격이다.

운해검문의 문주는 항주십이소방파의 수장 중에서 유일한 홍일점 여자, 그것도 이십이 세의 젊은이다.

운해검문주 상하군(尙霞君)이 현수란을 보며 긴장된 표정으로 물었다.

"어떻게 하면 되는 건가요?"

현수란이 진검룡을 바라보았다. 상하군의 물음에 대답해 주라는 뜻이다.

진검룡은 늠연한 모습으로 말했다.

"영웅문에 들어오시오."

문파를 통째로 흡수하겠다는 뜻이고 그걸 알아듣지 못할 중인들이 아니다.

"원하면 영웅문 내에서 하나의 독립된 조직으로 활동할 수 있도록 해주겠소."

상하군은 솔깃한 표정을 지었다.

"어떻게 말이죠?"

그녀는 수선화처럼 매우 청초하고 순결한 용모를 지녔고 목소리는 사근거려서 감미로웠다.

"그대는 어느 방파요?"

"운해검문이에요."

그녀는 초롱초롱한 눈망울로 진검룡을 바라보았다.

"영웅문 내에서 '운해검'이라는 이름을 사용하도록 해주겠소. 말하자면 영웅문 내에 하나의 독립된 운해검이라는 조직이 존재하는 것이오."

"아……."

상하군은 나직한 탄성을 터뜨리며 얼굴 가득 기쁨과 기대의 표정을 떠올렸다.

현재 그녀가 이끌고 있는 운해검문은 하루하루 힘겹게 버티고 있는 중이다.

상하군은 기쁜 얼굴로 두 손을 모으며 종달새가 노래하듯이 말했다.

"본 문은 이 시각부터 영웅문에 편입하겠어요. 거두어주시겠어요?"

진검룡은 빙그레 미소 지으며 고개를 끄떡였다.

"그러겠소. 이름이 뭐요?"

상하군은 수줍게 얼굴을 붉혔다.

"상하군이에요."

그는 현수란에게 지시했다.

"현 루주, 조속히 상 낭자의 빚을 갚아주고 살길을 마련해주시오."

현수란은 공손히 고개를 숙였다.

"주군, 수하를 루주라고 부르는 경우는 없어요. 또한 상 낭자라뇨? 그녀 또한 주군의 수하예요. 저희들의 이름을 부르셔야 할 거예요."

언행은 공손하지만 명백한 꾸지람이다.

진검룡은 현수란의 말이 백번 옳다고 생각했다. 옳다고 생각하면 즉각 받아들이는 그다.

"수란, 운해검문 일을 해결해 줘."

순간 현수란의 눈동자가 기쁨으로 밝아지는 것을 발견한 사람은 민수림뿐이다.

"명을 받듭니다, 주군."

현수란의 목소리는 종달새처럼 맑고 높았다. 그녀는 자신이 좋아하는 진검룡하고 날마다 조금씩 더 가까워지고 있다는 사실을 실감하고 있으며 그래서 기뻤다.

그녀는 상하군에게 가볍게 고개를 끄떡였다.

"하군은 빚과 앞으로 살아나갈 방법에 대해서 나중에 나하고 구체적으로 얘기하자."

"네."

현수란도 상하군도 얼굴 가득 기쁨이 물결쳤다. 각자 다른 이유지만 기뻐하는 모습은 같았다.

그때 청검문 문주 정소천이 벌떡 일어나서 외치듯 말했다.

"저도 영웅문에 가입하겠습니다!"

"어이쿠! 한발 늦었구먼."

맞은편의 유림검원 원주 당성유가 뒤따라 일어섰다.

두 사람은 꼿꼿하게 서서 진검룡을 향해 포권하고 깊숙이 허리를 굽혔다.

"주군께 청검문을 바칩니다!"

"유림검원을 받아주시오!"

앞서거니 뒤서거니 순서의 차이가 조금 있었을 뿐이지만 결국 그로부터 일각 이내에 십일소방파 모두 진검룡의 수하가 되기로 맹세했다.

진검룡이 대충 보기에 십일소방파 중에서 인물로 치자면 쓸 만한 사람이 네 명 있고, 문파로 치면 여섯 개 정도가 괜찮은 것 같았다.

진검룡은 십일소방파 열한 명이 모두 휘하에 들어올 것이라고는 예상하지 못했다.

이들 중에 절반만 휘하에 들어와도 다행이라고 예상했는데 결과적으로 십일소방파 전부를 흡수했다.

그러나 십일소방파의 속을 가만히 들여다보면 그들이 진검룡 수하에 들어올 수밖에 없을 만큼 각박하고 다급한 사정이라는 사실을 금세 알 수가 있다.

현재 십일소방파 중에서 윤택한 생활을 하는 곳은 한 곳도 없으며 다들 끼니를 걱정해야 할 정도로 궁핍하게 살아가고 있는 중이다.

사실 이들 열한 명은 자신들 앞에 놓인 커다란 탁자에 차려진 산해진미 진수성찬 같은 요리와, 한 병에 은자 수십 냥을 호가하는 비싼 술 같은 것들을 구경해 본 적이 언제인지 까마득할 정도다.

아니, 이들 중에 평생 이 정도의 굉장한 성찬을 먹어본 적이 한 번도 없는 사람이 몇 명 있다.

진검룡과 민수림을 비롯한 현수란, 태동화와 십일소방파 수장들은 한동안 중요한 대화를 나누지 않고 먹고 마시는 일에만 전념했다.

원래 술이라면 사족을 못 쓰는 진검룡과 민수림, 현수란은 아예 사생결단을 하고 술을 마셔댔다.

민수림은 술을 따르면 마시고 또 따르면 마시기를 쉬지 않고 반복했다.

유려는 술을 거의 마시지 않고 민수림 빈 잔에 조용히 술만 따르고 있다.

평균 한 사람당 술 한 병 이상 마시고 나자 다들 긴장이 풀리고 마음이 놓였다.

주량이 세지 않은 상하군은 술 석 잔에 빨개진 얼굴로 진검룡을 보며 물었다.

"주군의 무공은 얼마나 높으신가요?"

다들 '잘한다!'라는 표정으로 진검룡을 주시했다. 사실은 모두 그게 몹시 궁금했었기 때문이다.

명색이 자신들의 주군인데 무공 수준이 어느 정도인지는 알고 있어야 했다.

그녀의 물음에 태동화가 뒤쪽에 서 있는 정무웅에게 넌지시 말했다.

태동화가 정무웅에게 지시했다.

"웅아, 오늘 본 문에서 있었던 일을 본 대로 설명해라."

"네, 사부님."

정무웅은 두 걸음 앞으로 나서 모두가 잘 보이는 위치에 서서 포권을 해 보였다.

"오늘 낮에 검천사자 한 명과 검황천문 고수 삼십 명이 본 문을 찾아왔었습니다."

'검천사자'와 '검황천문'이라는 말에 중인들은 경기를 하듯 바짝 긴장했다.

정무웅이 연검문 본전 대전 안에서 벌어졌던 일들을 자세히 설명하고 나자 다들 크게 벌린 입을 다물지 못했다. 벌어진 입으로 파리가 날아드는지 침이 흐르는지도 모를 정도로 경악한 것이다.

당시 그곳에 있었던 사람은 진검룡과 민수림, 태동화, 정무웅 네 사람뿐이라서 그들을 제외한 모두들 경악에 경악을 더한 표정으로 진검룡을 바라보았다.

"검황천문의 검천사자를 주군께서 정말로 단 이초식에 제압하셨다는 말입니까?"

"설마 우리가 알고 있는 공포의 저승사자라는 그 검천사자가 맞습니까……?"

"주군께서 일초식에 검천사자를 제압하실 수도 있었지만 조금 데리고 노신 것 같습니다."

정무웅은 고개를 끄떡이며 조용히 말을 이었다.

"주군께서 검천사자와 검황천문 고수 삼십 명의 무공을 폐지하시고 수레에 태워서 오룡방으로 보냈습니다. 그들은 두 번 다시 칼을 잡지 못할 것입니다."

"아아……."

"맙소사……."

중인들은 턱이 빠질 정도로 입을 벌리고 아연실색했다. 대저 어느 누구라서 검천사자를 비롯한 검황천문의 고수 삼십 명에게 그런 짓을 할 수 있다는 말인가.

현수란과 유려, 은조도 놀라기는 마찬가지다. 그녀들은 진검룡이 고강하다는 사실은 어느 정도 알고 있지만 검천사자와 검황천문의 고수 삼십 명을 그토록 간단하게 제압해서 무공까지 폐지할 정도의 고수일 줄은 몰랐다.

그 정도면 능히 절정고수라고 할 수 있다. 항주에는 단연코 절정고수가 한 명도 없다.

진검룡은 실내를 둘러보다가 현수란 뒤쪽에 서 있는 흑의녀를 보면서 물었다.

"너는 누구냐?"

원래대로라면 이엽에게 대뜸 하대를 하지 못했겠지만 현수란이 진검룡의 수하가 되었기에 가능한 일이다.

흑의녀는 포권을 하며 절도 있게 고개를 숙였다.

"이엽입니다."

"호오… 이름이 뭐냐?"

"옥소(玉簫)입니다."

"흐음, 예쁜 이름이다."

진검룡은 서 있는 세 사람을 둘러보며 명령했다.

"너희 세 명, 자리에 앉아라."

착 가라앉은 목소리에 은은한 호통이 깃들어 있어서 누가 들어도 명령이다.

옥소와 은조, 정무웅은 서둘러 빈자리에 앉아 허리를 꼿꼿하게 펴고 진검룡을 주시했다.

진검룡의 다음 말은 짧고 간단했다.

"먹어라."

진검룡의 술자리 습관에 대해서 알고 있는 현수란은 그럴 줄 알았다는 얼굴로 빙그레 미소를 지었다.

옥소와 은조는 당황해서 어쩔 줄 모르는데 이런 경험이 몇 번 있었던 정무웅은 젓가락을 집었다.

은조가 요리를 먹는 정무웅을 꾸짖었다.

"무엄하다! 주군께서 먹으라고 말씀하신다고 어찌 주군 앞에서 요리를 먹는 것이냐?"

지켜보던 현수란이 은조를 꾸짖었다.

"조야, 조금 전에 주군께서 뭐라고 말씀하셨느냐?"

은조는 조금 복잡한 표정을 지었다.

"먹… 으라고 하셨습니다."

"그렇다면 너희가 먹지 않으면 주군의 명령에 불복하는 것이 아니겠느냐?"

"그… 렇습니다."

"그럼 너희가 어찌해야 할지 잘 알겠구나."

정무웅이 요리를 먹는 것을 보고 옥소가 먼저 젓가락을 들고 먹기 시작하자 은조는 진검룡과 민수림을 향해 고개를 숙이고 나서 젓가락을 집었다.

第五十一章

탄생비화

주흥이 한창 무르익었을 때 유람선의 호위무사가 진검룡 일행이 있는 선실에 들어와서 보고했다.

"뇌풍도문(雷風刀門)에서 왔다고 합니다."

십이소방파 중에서 유려의 초대를 받고도 오지 않았던 한 방파가 뇌풍도문이었다.

진검룡이 고개를 끄떡이자 현수란이 호위무사에게 들여보내라고 명령했다.

잠시 후 이십오륙 세 나이에 커다란 체구의 청년이 들어섰는데 두 팔로 어떤 사람을 안고 있다.

청년은 상석 쪽을 향해 우렁우렁한 목소리로 말했다.

"불초는 뇌풍도문의 전궁(全弩)입니다! 초대하신 분이 누군지 알고 싶습니다."

진검룡이 담담하게 고개를 끄떡였다.

"날세."

"뭐 하시는 누굽니까?"

전궁은 체구만 클 뿐 아니라 성격이 우직하고 거침없으며 거쿨진 것 같았다.

태동화가 말했다.

"별호가 전광신수이시다."

전궁은 태동화를 보다가 깜짝 놀라서 급히 고개를 숙였다.

"이제 보니 연검문의 문주님이시군요. 불초 전궁이 인사드립니다."

그러다가 방금 전에 태동화가 말한 '전광신수'라는 말이 생각나서 깜짝 놀랐다.

"전… 광신수라는 말입니까?"

"그렇다."

그가 진검룡을 보면서 놀라고 있는데 현수란이 물었다.

"안고 있는 사람은 누구냐?"

전궁은 현수란을 발견하고 크게 놀랐다.

"십엽루주… 이십니까?"

"그렇다. 안고 있는 사람이 누구냐?"

전궁은 안고 있는 사람을 탁자 옆 바닥에 조심스럽게 내려놓고 나서 대답했다.

"사부님이십니다."

사람들이 바닥에 혼절한 채 누워 있는 사람을 보니까 과연 뇌풍도문 문주 장추엽(張推燁)이 맞았다.

전궁이 진지한 표정으로 설명했다.

"사부님께선 십엽루의 총관이 십이소방파를 모두 초대한 사실을 오룡방에 알리러 가셨습니다."

"그래서 어떻게 됐느냐?"

태동화의 물음에 전궁은 착잡한 얼굴로 대답했다.

"불초와 같이 갔었는데 불초가 사부님을 암습해서 제압한 후에 이곳으로 모시고 온 겁니다."

"왜 사부를 암습한 것이냐?"

"사부님께서 오룡방에 밀고하시려는 것은 잘못된 일이라고 생각했습니다. 그리고……."

"그리고 뭔가?"

"우리 뇌풍도문이 소생하려면 우릴 초대한 사람의 요구를 받아들여야 한다고 생각했습니다."

"흠, 그런가?"

전궁은 열성적으로 말했다.

"오룡방에 밀고를 한다면 잠시 동안은 편해질는지 모르지만 본 문이 근본적인 궁핍함에서 벗어나지 못할 것입니다. 그동안 오랫동안 오룡방에 당해왔으면서도 사부님께선 그걸 모르

서서 같은 잘못을 반복하시는 겁니다."

그는 앉아 있는 유려를 보면서 의아한 얼굴로 물었다.

"십엽루 총관께서 우릴 초대한 것이 아닙니까?"

그는 이 자리에 십엽루주인 현수란과 연검문주 태동화 등이 같이 있는 것을 이상하게 생각했다.

현수란이 두 손으로 공손히 진검룡과 민수림을 가리키면서 대답했다.

"십엽루와 연검문은 저기 두 분의 휘하가 되었다."

"아……."

전궁은 기절할 것 같은 표정을 지었다.

그때 진검룡이 말문을 열었다.

"뇌풍도문을 제외한 십일소방파 모두 내 휘하에 들어오기로 맹세했다."

"아아……."

전궁은 십일소방파 수장들이 고개를 끄떡이는 모습을 지켜보며 초조한 표정을 지었다.

"저도… 아니… 본 문도 휘하에 들어가고 싶습니다."

"문주는 네 사부이지 않느냐? 너에게 결정권이 있느냐?"

전궁은 착잡한 얼굴로 고개를 숙였다.

"없습니다."

진검룡이 자르듯이 말했다.

"네 사부를 네 손으로 죽이면 받아주겠다."

전궁의 얼굴이 홱 변했다.

"사부님을……."

전궁만이 아니라 민수림을 제외한 실내의 모든 사람들이 진검룡의 말에 적잖이 놀란 표정을 지었다.

유려가 십이소방파의 빚을 대신 갚아주고 모두에게 살길을 열어주겠다는 말로 십이소방파를 한 장소에 초대했다는 사실을 뇌풍도문의 문주가 오룡방에 밀고하려고 한 것은 명백한 잘못이다.

그렇다고 제자인 전궁더러 사부를 직접 죽이라고 하는 것은 지나친 요구다. 그것은 먹고사는 것 이전에 윤리를 저버리는 일이다.

전궁이 허리를 굽히더니 사부를 안고 일어나서 찬바람이 일도록 몸을 돌려 문으로 걸어갔다.

"본 문이 아무리 궁해서 당장 죽는 한이 있어도 사부님을 죽이는 패륜을 저지르진 않겠습니다. 이만 가겠습니다."

"됐다. 이리 와라."

진검룡이 고개를 끄떡이며 말했다.

전궁이 돌아보면서 굳은 얼굴로 물었다.

"무슨 뜻입니까?"

"너를 시험한 것이다."

전궁의 얼굴이 복잡하게 변했다.

"시… 험이었습니까?"

"목적을 위해서 사부까지 죽이는 패륜아라면 내 손으로 죽였을 것이다."

"아……."

전궁은 크게 놀라면서도 감탄했다.

다른 십일소방파 수장들도 그러면 그렇지 하는 표정으로 고개를 끄떡였다.

척!

그때 선실 문이 열리고 청랑이 들어오더니 의자를 하나 갖고 와서 진검룡과 현수란 사이에 놓고는 당연하다는 듯이 거기에 앉았다.

사실 청랑은 중요한 일로 뇌풍도문에 갔다가 이제야 돌아오는 길이다.

오늘 은조는 십이소방파 수장들을 만나는 과정에서 강비의 도움을 받았다.

개방 항주분타 제일 졸개인 백의개 열두 명으로 하여금 십이소방파들을 감시하게 했다.

그 결과 십일소방파 수장들은 모두 약속 장소인 서호로 출발했는데 뇌풍도문만 다른 장소로 향한 것이다.

그래서 근처에서 대기하고 있던 청랑이 그 보고를 받자마자 즉시 달려가서 줄곧 뇌풍도문 문주와 제자인 전궁을 미행했던 것이다.

만약 전궁이 사부 장추엽을 제압하지 않고 계속 오룡방으로 갔더라면 청랑이 그들을 죽였을 것이다.

청랑은 평소에 항상 진검룡 곁을 그림자처럼 지키기 때문에 그녀는 자신이 진검룡과 현수란 사이에 앉는 것을 당연하다고 생각한다.

현수란도 이런 일이 두어 번 있었기 때문에 청랑에게 뭐라고 하지 않고 하는 대로 내버려 두었다.

진검룡이 직접 술을 따라주자 청랑이 두 손으로 술을 받으면서 공손하게 말했다.

"저자 말이 맞아요."

청랑은 술잔을 쥔 채 전궁을 보면서 말을 이었다.

"뇌풍도문 문주가 오룡방으로 가고 있는데 저자가 암습해서 제압하더니 안고 여기로 온 거예요."

전궁은 자신이 진검룡 수하에게 미행당하고 있었다는 사실을 그제야 알고 등줄기에 식은땀이 흘렀다.

자신이 사부를 제압하지 않고 계속 오룡방으로 향했더라면 자신들의 운명이 어떻게 됐을 것인지 상상이 된 것이다.

진검룡이 전궁에게 말했다.

"이제부터 네가 뇌풍도문을 이끌어라. 그러면 받아주겠다."

전궁은 착잡한 표정을 지었다.

"사부님은 어떻게 하실 겁니까?"

"너에게 맡기겠다. 단, 뇌풍도문 문주는 네가 해야 한다. 결정은 나중에 해도 된다."

전궁은 안고 있는 장추엽을 물끄러미 굽어보면서 어금니를 꾹꾹 악물었다. 고심하는 것이 분명하다.

진검룡은 그를 재촉하지 않고 술잔을 들어 올려서 모두에게 마시자는 무언의 동작을 취했다.

전궁이 고심하도록 내버려 두고 현수란이 진검룡에게 넌지시 물었다.

"혜림원을 증축하실 건가요?"

"해야지요."

그가 존대를 한다고 현수란이 살짝 눈을 흘기자 진검룡이 벙긋 웃으며 다시 말했다.

"해야지."

현수란은 진검룡이 방금 마신 빈 잔에 술을 부었다.

"얼마나요?"

"수림하고 상의해."

민수림이 현수란에게 미소를 지었다.

"시간 날 때 나한테 오세요."

"그럴게요."

현수란은 진검룡이 문주니까 자신에게 하대를 하라고 강요하더니 태상문주인 민수림에게는 그러지 않았다. 그걸 보면 달리 꿍꿍이가 있는 게 분명했다.

이윽고 생각을 끝낸 전궁이 진검룡을 보며 엄숙한 표정으로 말했다.

"말씀대로 하겠습니다."

진검룡은 고개를 끄떡였다.

"뇌풍도문을 받아들이겠다."

전궁이 안고 있는 장추엽을 한쪽 바닥에 내려놓고는 옷매무새를 다듬고 나서 진검룡에게 공손히 부복했다.

"뇌풍도문의 전궁이 주군을 뵈옵니다."

"앉아라. 술 마시자."

전궁이 머뭇거렸다.

"술을 잘 못 마십니다."

진검룡은 진지한 표정을 지었다.

"우린 술 잘 마시는 사람을 좋아한다."

전궁은 무슨 말인가 싶어서 우두커니 서 있다.

진검룡은 자신과 민수림, 현수란을 차례로 가리켰다.

"나는 물론이고 이 사람과 이 사람은 술이라면 환장한다. 그리고……"

진검룡이 자신을 가리키려고 하자 태동화는 술병을 두 손으로 감싸 잡았다.

"주군, 저는 술이라는 말만 들어도 좋아서 가슴이 두근거립니다. 보십시오. 심장이 미친 듯이 뛰고 있습니다."

진검룡이 헛기침을 했다.

"커험! 이렇다."

전궁은 엄숙한 표정으로 빈 잔을 두 손으로 잡고 진검룡에게 공손히 내밀었다.

"가르침을 주십시오. 배우겠습니다."

진검룡은 술병을 내밀어 술을 따르면서 기분 좋게 웃었다.

"핫핫핫핫! 마음에 드는 녀석이로구나!"

그러자 다른 십일소방파 수장들이 일제히 진검룡에게 잔을 내밀며 우렁차게 외쳤다.

"가르침을 주십시오!"

항주 성내 북쪽 난정강 강가에 위치한 비응보.

추적추적 겨울비가 내리고 있는 늦은 오후.

비응보 뒷담을 날렵하게 날아서 넘는 세 사람이 있다.

커다란 죽립을 깊게 눌러쓴 세 사람인데 진검룡과 민수림, 청랑이다.

세 사람은 죽립을 벗어서 근처 나무의 나뭇가지에 줄줄이 걸었다.

비응보 내에서는 얼굴을 드러내도 되니까 구태여 죽립을 쓰고 있을 필요가 없어서다.

진검룡과 민수림은 몇 달 전에 비응보에 왔었기 때문에 헤매지 않고 익숙하게 길을 찾아갔다.

추적추적 궂은비가 내리고 있지만 세 사람은 조금도 비에 젖지 않았다.

민수림이 세 사람 머리 위에 무형막을 우산처럼 커다랗게 펼쳤기 때문이다.

잠시 후에 세 사람은 비응보 보내를 경계하는 경계무사에게 발각됐다.

진검룡 등이 일부러 모습을 드러내려고 사람들 왕래가 많은 곳을 택했기 때문에 발각되는 것이 당연하다.

경계무사 두 명이 진검룡 일행의 앞을 가로막으면서 어깨의 검을 뽑았다.

"멈춰라! 누구냐?"

진검룡은 조용한 목소리로 타이르듯이 말했다.

"나는 전광신수라고 한다. 보주에게 안내해라."

"……"

두 명의 경계무사는 두 눈을 휘둥그렇게 뜨고 진검룡과 민수림, 청랑을 살펴보았다.

그들은 청랑은 모르지만 진검룡과 민수림의 용모가 자신들이 익히 알고 있는 전광신수와 철옥신수 즉, 쌍신수가 틀림없다고 생각했다.

두 명의 경계무사는 혼비백산한 표정으로 서로의 얼굴을 한 번 쳐다보더니 몸을 돌려서 뒤도 돌아보지 않고 꽁지가 빠지게 도망쳤다.

두 명의 경계무사는 자신들의 능력으로 도저히 쌍신수를 막을 수 없다고 판단한 것이다.

진검룡 일행은 개의치 않고 다시 걸음을 옮겨 보주 집무실이 있는 비응전으로 향했다.

*   *   *

진검룡 일행은 비응전까지 오는 동안 어느 누구의 제지도
받지 않았다.

최초에 진검룡 일행을 발견한 두 명의 경계무사가 도망쳐서
직속상전인 조장에게 보고했더니 그가 다시 소속 향주에게
보고를 했다.

비응보에는 도합 여섯 개 당이 있으며 각 당 아래에는 네
개씩의 향이 있고 향 아래에 조가 있다.

각 당의 당주들과 부당주들, 그리고 향주들과 부향주, 또
조장들은 몇 달 전에 벌어졌던 엄청나게 충격적인 사건에 대
해서 아직도 생생하게 기억하고 있다.

그날 전광신수에게 제압된 비응보주 부호량이 실토하기를,
비응보는 오룡방의 휘하에 있으며 오룡방주의 명령으로 연검
문주와 십엽루주의 아들과 딸을 납치했다는 것이다.

비응보를 정의와 협의가 충만한 방파라고 굳게 믿고 있었던
당주와 향주, 조장들이 그 말을 듣고 받은 충격은 이만저만한
것이 아니었다.

비응보주 부호량이 저잣거리의 하오배들이나 일삼는 비열하
기 짝이 없는 짓을 저질렀기 때문이다.

그것도 자의가 아니라 오룡방주의 명령을 받았다니까 더욱 한심한 일이다.

바로 그날 비웅보의 당주와 향주, 조장들은 진검룡과 민수림을 보았던 것이다.

그 당시 진검룡과 민수림이 부호량을 제압해서 모든 사실을 실토하게 만들었으며 끝내 부호량의 무공을 폐지시키는 과정을 당주와 향주 등은 똑똑히 지켜보았다.

비웅전 대전 안에서 당주들과 향주들, 조장, 부조장들이 전부 모여 진검룡 일행이 들어오는 것을 지켜보았다.

그리고 비웅전 밖 돌계단 아래 넓은 마당에는 비웅보 전 수하들이 모여 있었다.

그것은 마치 누군가의 명령 한마디에 대판 큰 싸움이 벌어질 수도 있음을 암시하고 있는 것 같았다.

저벅저벅…….

진검룡 일행은 발소리를 내면서 거침없이 대전 안으로 들어섰다.

그들은 정면에 서 있는 삼십 대 중반의 당당한 체구를 지닌 청년 다섯 걸음 앞에서 멈추었다.

청년 양쪽에 여섯 명의 당주들이 세 명씩 서 있는 것으로 봐서 그가 비웅보의 새로운 보주인 것 같았다.

소문에 의하면 무공이 폐지된 부호량이 보주에서 물러난 후에 그의 동생이 보주에 올랐는데 이름이 부풍림(扶風林)이라고 했다.

부풍림은 자신의 다섯 걸음 앞에 나란히 서 있는 남녀가 전광신수와 철옥신수 쌍신수라는 사실을 알기에 극도로 긴장해서 입안의 침이 바싹 말랐다.

정파를 자처하는 비웅보 사람들이 진검룡과 민수림을 대하는 심정은 뭐라고 설명하기 힘들 만큼 착잡할 것이다.

부풍림은 물끄러미 진검룡을 주시하다가 갈라진 목소리로 입을 열었다.

"무슨 일이오?"

진검룡은 조용히 말했다.

"잠시 얘기 좀 하지."

부풍림은 긴장 때문에 목소리가 갈라지자 헛기침을 하고 나서 말했다.

"여기에서 얘기하시오. 나는 수하들에게 감추는 게 없소."

진검룡은 고개를 끄떡이고 나서 단도직입적으로 말했다.

"오룡방하고 어떻게 지내고 있나?"

부풍림의 뺨이 씰룩거렸고 양쪽에 서 있는 당주와 향주들 표정이 일그러졌다.

"우린 오룡방과 인연을 끊었소."

부풍림이 자르듯이 말했다.

그의 말은 진심인 것 같았다. 아마 그 당시 부호량의 일 이후에 오룡방과의 관계를 청산한 모양이다.

오룡방주 손록도 진검룡과 민수림에게 된통 당했으므로 그 기회를 이용했다면 비응보가 오룡방과의 관계를 청산하는 것이 그리 어렵지는 않았을 것이다.

"보름날 오룡방에 갈 것인가?"

"가지 않소."

진검룡이 넌지시 묻자 부풍림은 생각할 것도 없다는 듯 단호하게 대답했다.

진검룡은 고개를 끄떡였다.

"그거면 됐다."

"어째서 그런 것을 묻는 거요?"

진검룡은 빙그레 미소 지었다.

"보름날 우리가 오룡방을 항주에서 몰아낼 거라서."

부풍림을 비롯한 간부들의 얼굴에 커다란 놀라움이 가득 떠올랐다.

"그게 무슨 말이오?"

"오룡방이 검황천문의 항주지부라는 걸 알고 있나?"

부풍림 등의 얼굴이 단단하게 굳어졌다.

"알고 있소."

"항주 사람이 항주를 지켜야 하지 않겠나? 그래서 검황천문의 개인 오룡방을 내쫓기로 한 걸세."

모두 궁금하게 여기는 것을 부풍림이 물었다.

"그게 가능하오?"

"검황천문에서 얼마 전에 오룡방으로 어떤 자를 보냈는지 알고 있나?"

부풍림은 굳은 얼굴로 대답했다.

"검천사자 한 명과 검황천문 고수 삼십 명을 보낸 것으로 알고 있소."

진검룡 입가에 엷은 미소가 걸렸다.

"내가 그놈들의 무공을 폐지시켰다."

"……."

부풍림을 비롯한 간부들의 얼굴에 태풍 같은 놀라움이 확 일어났다.

진검룡은 개의치 않고 말을 이었다.

"검황천문에서 항주에 누군가를 보낸다면 보내는 족족 내가 다 죽이거나 무공을 폐지시킬 거야."

부풍림이 신음하듯이 물었다.

"그게… 정말이오?"

진검룡은 대답 대신 다른 말을 했다.

"확인하고 싶으면 나를 따라와라."

이어서 그와 민수림, 청랑은 몸을 돌려 느긋하게 대전 밖으로 걸어갔다.

부풍림은 복잡한 표정을 지으며 진검룡 일행의 뒷모습을 뚫어지게 주시하다가 좌우에 서 있는 당주들과 향주들의 생각은 어떤지 알아보려 그들을 쳐다보았다.

당주 몇 명이 무겁게 고개를 끄떡였다.

부풍림은 진검룡을 향해 달려가며 외쳤다.

"같이 갑시다!"

진검룡은 가는 길에 태동화와 현수란을 불러오라고 청랑에게 손짓했다.

그랬더니 청랑은 거리를 둘러보다가 백의개 한 명을 부르더니 뭐라고 소곤거리고는 진검룡에게 돌아와 그의 뒤를 쫄랑거리며 따라갔다.

"거지에게 뭐라고 한 거냐?"

진검룡의 물음에 청랑은 태연하게 대답했다.

"거지들에게 주인님의 말을 전하라고 시켰어요."

"개방 거지들을 아느냐?"

청랑은 웃지도 않고 정색으로 대답했다.

"며칠 전 십이소방파들을 감시하는 일 때문에 거지들하고 친해졌어요."

진검룡은 청랑의 얼굴을 쳐다보았다.

"정말이냐?"

청랑이 찔끔했다.

"사실대로 말해라."

평범한 경장으로 갈아입고 챙이 넓은 방립을 쓴 부풍림은 뒤쪽 멀찍이서 따라오고 있다.

청랑은 기어드는 목소리로 대답했다.

"제가 개방 항주분타주를 족쳤어요."

설마 이런 대답이 나올 줄 몰랐던 진검룡은 가볍게 놀라서 걸음을 멈추었다.

"개방 항주분타주를 족쳐? 왜?"

청랑은 쭈뼛거리면서 대답했다.

"그저께 주인님이 강비더러 십이소방파를 감시하라고 말씀 하셨잖아요?"

"그래."

"그런데 항주분타주가 제동을 거는 바람에 강비는 주인님 의 명령대로 행하지 못했어요."

진검룡으로서는 처음 듣는 얘기다.

"그랬어?"

"그래서 제가 항주분타주를 찾아가서 좀 혼내준 거예요. 그 랬더니 제 말을 잘 듣더라고요."

"허… 참."

"그놈은 제 수하가 되기로 맹세했어요."

굼벵이도 구르는 재주가 있다더니 설마 청랑이 개방 항주 분타주를 수하로 거둘 줄은 몰랐다.

지금으로선 요긴하면 요긴했지 나쁜 일은 아니라서 진검룡 은 청랑을 꾸짖지 않았다. 그렇다고 칭찬하지도 않았다.

진검룡 일행은 장항천 강변의 혜림원 전문을 지나서 뒷문으로 들어갔고 잠시 후에 부풍림이 주위를 두리번거리면서 뒤따라 들어왔다.

혜림원의 길고 높은 담 밖에서는 보이지 않아서 몰랐는데 담 안쪽에는 제법 많은 사람들이 부산하게 오가고 있었다.

얼마 지나지 않아서 항주제일문파인 영웅문이 될 혜림원이라서 현수란이 더 많은 숙수들과 하인, 하녀들을 이곳으로 보냈는데 총 이백여 명이나 된다.

그들이 여기저기에서 일하고 또 전각 사이를 바쁘게 오가느라 혜림원 내부가 시끌시끌했다.

죽립을 벗은 진검룡과 민수림을 발견한 무사들과 하인, 하녀들은 가까이에서든 멀리서든 다들 하던 일을 멈추고 공손히 허리를 굽혀 인사했다.

저만치에서 풍건이 진검룡을 발견하고 달려와 공손히 포권하며 인사했다.

"주군, 이제 돌아오십니까?"

진검룡은 걸음을 멈추고 삼 장쯤 뒤에서 따르고 있는 부풍림을 손짓으로 불렀다.

진검룡은 다가온 부풍림과 풍건을 서로 인사시켰다.

"둘이 인사하게."

풍건이 먼저 부풍림에게 포권했다.

"처음 뵙겠소. 풍건이오."

부풍림은 깜짝 놀라서 눈을 껌뻑거렸다.

"설마… 곤산기검 풍건 장문인이십니까?"

풍건은 빙그레 미소 지었다.

"그렇소."

강소성 남쪽 지방에 있던 곤산파는 비응보에 비해서 명성이
나 세력이 훨씬 커서 널리 알려져 있다.

부풍림은 포권을 하며 허리를 굽혔다.

"얼마 전에 비응보를 맡게 된 부풍림입니다. 평소에 존경하
던 분을 이렇게 뵙게 되어 영광입니다."

"오… 비응보주였구려."

두 사람은 반갑게 인사했다.

진검룡은 다시 걸으며 풍건에게 말했다.

"자네도 따라오게."

부풍림은 풍건과 진검룡을 번갈아 쳐다보다가 풍건에게 조
심스럽게 물었다.

"장문인께선 어이해 이곳에 계시는 겁니까?"

풍건은 앞서 걸어가는 진검룡을 두 손으로 공손히 가리키
며 빙그레 미소 지었다.

"나는 주군의 수하요."

"아……."

부풍림은 너무 경악해서 단말마적인 탄성을 흘려내고는 그
자리에서 굳어버렸다.

진검룡이 집무실로 사용하고 있는 전각으로 들어가자 그가 왔다는 말을 전해 들은 정무웅과 은조가 달려 나와서 공손히 허리를 굽혔다.

"다녀오셨습니까?"

부풍림은 연검문의 쌍비연 정무웅과 십엽루의 삼엽 은조를 한눈에 알아보았는데 두 사람이 진검룡에게 공손히 인사하는 걸 보고 다시금 크게 놀랐다.

부풍림이 비록 새 비웅보주에 올랐지만 얼마 전까지만 해도 그의 명성은 쌍비연이나 삼엽에 훨씬 못 미쳤다.

그런데 쌍비연과 삼엽이 진검룡의 수하라니 부풍림으로서는 놀라 자빠질 일이다.

"왔느냐?"

"기다리고 있습니다."

진검룡이 대전을 가로질러 걸어가면서 묻자 은조가 공손히 대답했다.

정무웅이 앞서가서 문을 열자 진검룡은 민수림이 먼저 들어가게 하고 자신이 뒤따랐다.

실내에는 현수란과 태동화가 있다가 진검룡을 향해 공손히 허리를 굽혔다.

"주군을 뵙습니다."

뒤따라 들어오다가 그 광경을 본 부풍림은 너무 경악해서 머리카락이 다 쭈뼛거렸다.

'이… 이게 다 뭔가? 어째서 저들이 여기에……'

부풍림은 눈을 껌뻑거리면서 다시 봤지만 십엽루주 현수란
과 연검문주 태동화가 분명하다.

그런데 도대체 어떻게 된 일인지 눈으로 보고서도 믿어지지
가 않았다.

강소성 남쪽 지방의 명문 곤산파 장문인이 전광신수의 수
하라고 자처하더니, 그다음엔 항주무림에서 쟁쟁한 쌍비연과
삼엽이 수하라고 등장하고, 이제는 항주오대중방파인 십엽루
와 연검문의 수장 현수란과 태동화가 진검룡에게 허리를 굽히
고 있지 않은가.

진검룡과 민수림이 상석 두 개의 의자에 나란히 앉았다.

두 사람 양쪽 앞으로 현수란과 태동화, 풍건, 정무웅, 은조,
이엽 옥소 등이 늘어서고 뒤쪽에 청랑이 우뚝 서 있으며 앞에
는 부풍림 혼자 서 있게 되었다.

진검룡이 부풍림을 보며 조용한 목소리로 말했다.

"곤산파와 십엽루, 연검문, 항주십이소방파가 내 휘하에 들
어왔다. 이 정도면 오룡방을 몰아낼 수 있지 않겠나?"

"……"

부풍림은 아연실색한 표정으로 아무 말도 하지 못하고 현
수란과 태동화, 풍건 등을 둘러보았다.

현수란과 태동화, 풍건은 담담한 미소를 지으면서 말없이

그를 바라보았다.

　이들이 버젓이 있는 곳에서 진검룡이 거짓말을 할 리가 없다. 그렇다면 진검룡의 말은 사실이라는 얘기다.

　'맙소사…….'

　부풍림은 넋 나간 표정으로 진검룡을 바라보았다.

第五十二章

호위대

진검룡이 검천사자와 삼십 명의 검황천문 고수들을 제압하여 무공을 폐지했다는 말이 떠올랐다.

또한 검황천문의 꼭두각시 노릇을 하는 오룡방을 쫓아내고 항주를 항주 사람이 지키자고 했던 말도 떠올랐다.

그때 진검룡이 생각난 듯이 태동화에게 말했다.

"나와 수림이 연검문에서 검천사자와 검황천문의 고수 삼십 명을 제압하여 무공을 폐지한 것에 대해서 비웅보주가 의심을 하고 있으니 자네가 대신 설명해 주게."

태동화는 공손히 고개를 숙였다.

"그러겠습니다."

태동화가 자신을 쳐다보면서 말을 꺼내려고 하자 부풍림은 두 손을 세차게 저었다.

"문주, 아무 말씀 하시지 않아도 됩니다. 전광신수가… 아니, 진 대협께서 검천사자들의 무공을 폐지시키셨다는 것을 믿습니다."

일이 이쯤 됐는데도 그 사실을 믿지 못한다면 부풍림의 머리가 어떻게 된 것이 분명하다.

진검룡은 말없이 부풍림을 바라보기만 했다. 이제는 더 이상의 말이 필요하지 않기 때문이다.

실내에는 꽤 오랫동안 고요한 침묵이 흘렀다. 다들 부풍림이 말문을 열 때까지 기다려 주었고 그 사실을 모를 리가 없는 부풍림이다.

부풍림은 한참 만에 진검룡을 보며 말했다.

"내게 무얼 바랍니까?"

진검룡을 대하는 그의 말투가 공손해졌다. 풍건과 태동화, 현수란을 수하로 거느린 진검룡에게 감히 불경할 수 없다고 생각했기 때문이다.

진검룡이 조용히 대답했다.

"보름날 오룡방에 가지 않으면 된다."

"가지 않을 겁니다."

"그럼 됐다."

부풍림의 예상하고는 달리 진검룡이 그에게 바라는 것은

아무것도 없었다.

비응보는 원래 보름날 오룡방 초대에 불응하려고 했으니까 그것은 진검룡의 요구하고는 상관이 없다.

"그럼 불초는 이만 가보겠습니다."

한참을 고심하던 부풍림은 인사를 하고 물러갔다.

진검룡은 부풍림에게 보고 들은 것에 대해서 비밀을 지키라는 식의 말을 일절 하지 않았다.

진검룡과 민수림이 측근들과 영웅문 개파에 대해서 의논하고 있을 때 무진현에 갔던 한림이 돌아왔다.

그런데 문을 열고 들어서는 한림 뒤에 고범이 따라 들어오는 것이 아닌가.

풍건과 한림은 진검룡이 부르면 고범이 달려올 것이라고 장담했었는데 진짜 고범이 왔다.

진검룡은 자리를 박차고 일어나서 고범에게 달려가 두 손을 덥석 잡으며 반갑게 맞이했다.

"고 형!"

"진 형!"

고범도 진검룡 손을 마주 부여잡는데 얼굴 가득 반가움이 가득해서 어쩔 줄 몰랐다.

한림이 진검룡에게 다가와서 공손히 허리를 굽혔다.

"주군, 돌아왔습니다."

그걸 보고 고범이 슬며시 진검룡의 손을 놓고 한 걸음 물러 섰다. 자신도 곧 진검룡의 수하가 될 것이기 때문이다.

그때 무사 한 명이 들어와서 보고했다.

"주군, 비응보주가 다시 왔습니다."

부풍림이 진검룡을 만나고 돌아간 지 한 시진 반 만에 다시 온 것이다.

"들여보내라."

무사는 공손히 허리를 굽히고 나갔다.

현재 풍건이 이끌고 온 이십오 명의 곤산파 수하들이 혜림 원 곳곳의 경계무사와 호문무사 노릇을 하고 있다. 이곳에 있는 무사는 곤산파의 이십오 명이 전부다.

다시 문이 열리고 들어온 부풍림은 실내에 벌어지고 있는 광경에 흠칫 몸이 굳었다.

고범이 서 있는 진검룡 앞에 막 무릎을 꿇고 부복하고 있는 중이기 때문이다.

고범은 바닥에 부복한 채 머리를 깊이 조아리고 웅혼한 목 소리로 말했다.

"고범과 대승방은 주군의 휘하에 들기를 간청합니다! 부디 거두어주십시오!"

한림이 무진현에 갔던 일은 성공했다. 고범과 대승방을 포섭한 것이다.

부풍림은 움찔 놀랐다.

'대승방이라니……'

그는 강소성 남경으로 가는 길목에 위치한 무진현 제일방 파 대승방이 얼마나 크고 세력이 막강한지 잘 알고 있다.

그런데 저기에 부복하고 있는 사내는 스스로를 '고범'이라고 말했으며 자신과 대승방을 진검룡 휘하로 받아달라고 간청하고 있다.

부풍림은 뭔가에 이끌리듯이 앞으로 달려 나가서 고범 옆에 무릎을 꿇고 머리를 조아렸다.

"부풍림과 비응보를 휘하로 받아주십시오."

그는 아까 비응보로 달려가서 도착하자마자 당주들과 향주, 조장들까지 다 모아놓고서 자신이 혜림원에서 보고 들은 것들을 솔직하게 다 설명해 주었다.

그러고는 비응보가 전광신수와 철옥신수 휘하에 들어가기를 원하는데 당신들 생각은 어떠냐고 물었다.

당주들과 향주, 조장들의 의견이 분분했으나 결국 전광신수와 철옥신수 휘하에 들어가는 것으로 결론이 났다.

전대 비응보주 부호량이 문주에서 물러난 후 비응보는 오룡방의 그늘에서 벗어나기를 강렬히 원했으며 실제로 그것을 행동으로 보여주었다.

그것의 연장선상에서 이번 보름날 오룡방 초대에도 가지 않을 예정이다.

만약 그렇게 된다면 비응보는 오룡방에게 완전히 미운털이

박힐 것이다.

그런 상황에 전광신수와 철옥신수가 항주에서 오룡방을 내쫓겠다고 호언장담한 것이다.

부풍림과 당주, 향주, 조장 모든 간부들의 생각은 단순하면서도 확고하다.

소나기는 피한다. 비웅보가 전광신수와 철옥신수 휘하로 들어가서 십엽루, 연검문, 곤산파, 십이소방파들과 연합한다면 오룡방으로서도 함부로 건들지 못할 것이다. 덩치가 너무 크기 때문이다.

진검룡은 진중하게 말문을 열었다.

"언제라도 떠나고 싶으면 떠나라. 그것을 전제로 대승방과 비웅보를 거두겠다."

더구나 부풍림으로서는 진검룡이 이렇게까지 말해주니까 마음이 편해졌다.

소나기를 피한 다음에 비가 그치고 날이 맑아진 후에 떠나면 그만인 것이다.

진검룡은 측근들과 함께 같은 전각 이 층에 있는 회의실로 자리를 옮겼다.

그 전에 진검룡은 민수림과 둘이서 반시진 정도 긴밀하게 대화를 나누었다.

갑작스럽게 덩치가 비대해진 영웅문 세력을 어떻게 나누고

활용할지에 대한 의논이다.

긴 탁자의 상석에는 진검룡과 민수림이 나란히 앉아 있고 그 앞의 양쪽으로 현수란과 태동화, 풍건, 한림, 고범, 부풍림 등의 순서로 길게 늘어앉았다.

서 있는 사람은 아무도 없다. 정무웅과 은조, 청랑, 그리고 이엽 옥소까지 다 탁자 앞에 앉았다.

진검룡이 묵직하게 입을 열었다.

"내 말을 듣고 나서 좋은 의견이 있으면 망설이지 말고 말하도록 하게."

그는 중인을 한 차례 둘러보고 나서 말을 이었다.

"본 문에 다섯 개 당을 둔다. 앞으로 당이 더 늘어날 수도 있지만 현재는 다섯 개 당이 전부다. 각 당의 당주는 태동화, 현수란, 고범, 부풍림, 풍건이다. 연검문과 십엽루, 대승방, 비웅보, 곤산파가 각 당주 아래 배속될 것이며 당의 이름은 당주가 알아서 짓는다."

풍건은 조금 씁쓸한 표정을 지었다. 곤산파는 진검룡을 죽이라는 명령에 불복했다는 이유로 검황천문에 의해서 봉문되었고, 이후에 그가 겨우 이십오 명의 수하들만 데리고 이곳에 왔기 때문이다.

일개 당의 당원이 기껏해야 이십오 명이므로 헛웃음이 나올 일이다.

진검룡의 말이 이어졌다.

"풍건은 십이소방파에서 무공이 뛰어나거나 자질이 좋은 자 백 명을 선발하여 휘하에 둔다."

풍건은 깜짝 놀랐다. 진검룡이 그런 배려를 해줄 것이라고 는 예상하지 못했기 때문이다.

풍건은 벌떡 일어나서 고개를 숙였다.

"명을 받듭니다."

풍건의 얼굴에서 조금 전의 씁쓸한 표정은 사라졌다.

풍건이 앉자 진검룡이 한림을 호명했다.

"한림."

"넵!"

한림은 자신이 들어도 깜짝 놀랄 만큼 큰 소리로 대답하며 벌떡 일어섰다.

한림은 다섯 명 당주에 포함되지 않았었다. 남경 진일표국 의 총표두였던 그는 수하를 한 명도 데리고 오지 않았다. 따 르겠다는 표사들은 많았지만 그들을 데리고 와봐야 오합지졸 이기 때문이다.

"자넬 내문총관(內門總官)에 임명하고 십이소방파를 휘하에 둔다."

한림이 놀라는 표정을 짓자 진검룡이 말을 이었다.

"본 문은 내문과 외문(外門)으로 나눌 것이며 외문총관은 풍건이 맡는다."

조금 전에 일어났다가 앉은 풍건이 놀라서 펄쩍 뛰듯이 다시 일어섰다.

"외문총관이 무엇입니까?"

"총당주다."

"아……."

전투를 주 임무로 하는 다섯 개 당을 총괄하는 우두머리가 풍건이다.

풍건과 한림이 합창했다.

"명을 받듭니다!"

십이소방파의 총인원은 칠백오십여 명이다. 그들 중에서 풍건이 백 명을 선발하고 나면 육백오십여 명이 남는다. 그 인원으로 영웅문의 내문 즉, 경계와 호위, 호문, 호송 등을 담당하게 하는 것이다.

"당 아래에는 단(壇)을 두고 그 아래에는 조를 두는데 단과 조를 몇 개로 나누든, 몇 명으로 정하든, 또한 어느 누굴 임명하든 당주의 재량이다."

진검룡이 이번에는 유려를 불렀다.

"유려를 총무장(總務長)으로 임명하고 영웅문의 모든 살림과 상업을 전담한다. 십이소방파 중에서 세 개를 휘하에 두는데 유려가 고를 수 있다."

유려가 일어나서 공손히 허리를 굽혔다.

"주군의 명을 받듭니다."

민수림은 십엽루의 총관이었던 유려와 문리 손나인을 영웅문이 장차 상계에 진출할 때 중용할 생각이라서 총무장이라는 지위를 새로 만들었다.

진검룡이 할 말을 다하고 나서 측근들을 둘러보았다.

"할 말 없는가?"

현수란이 공손히 말했다.

"두 분 문주를 지근거리에서 호위할 호위대가 있어야 한다고 생각해요."

진검룡은 손을 저었다.

"호위대 같은 건 필요 없어."

"필요해요."

"필요합니다."

"반드시 필요합니다."

현수란의 말에 이어서 당주들이 약속이나 한 것처럼 우르르 나섰다.

[필요해요.]

마지막에는 민수림마저도 호위대가 필요하다고 전음으로 거들었다.

"알았어. 누굴 호위대로 하지?"

진검룡이 고개를 끄떡이자마자 현수란이 기다렸다는 듯이 얼른 말했다.

"각 당에서 최고수를 다섯 명씩 선발하는 게 좋겠어요. 십엽루에서는 옥소와 은조, 그리고 팔엽, 구엽, 십엽 다섯 명을 선발하겠어요."

태동화는 정무웅에게 지시했다.

"웅아, 네가 본 문에서 네 명을 선발하여 호위대로 가라."

"알겠습니다."

현수란이 당연하다는 듯 이엽 옥소를 가리켰다.

"호위대주는 소아가 괜찮겠죠?"

"홍! 천만에!"

그런데 진검룡과 민수림 뒤에 서 있던 청랑이 차갑게 코웃음을 치면서 나섰다.

"내가 두 분을 그림자처럼 호위하면 되는데 호위대가 왜 필요한 거죠? 그게 꼭 필요하다면 호위대주는 내가 돼야 마땅한 거 아닐까요?"

현수란은 청랑의 정확한 신분을 모르고 그저 진검룡과 민수림을 그림자처럼 따른다는 걸로만 알고 있다.

청랑의 외모가 십오 세 정도로 보이기 때문에 진검룡과 민수림의 호위고수라기보다는 몸종 정도로 생각했다.

현수란이 점잖게 타이르듯 말했다.

"누구든 고강한 사람이 호위대주가 되는 거예요."

"그렇다면 내가 저 이엽이라는 여자와 싸워서 이기면 되는 거로군요?"

말을 끝내자마자 청랑은 즉시 밖으로 나가면서 옥소에게 턱짓을 했다.

"싸우자. 나와라."

깐깐하고 똑 부러지는 성격이라면 절대로 누구에게도 지지 않는 이엽 옥소는 군말 없이 밖으로 나갔다.

*   *   *

현수란이 걱정스러운 얼굴로 진검룡에게 말했다.

"저 애 다치면 어떻게 해요?"

"누구? 옥소?"

현수란은 말도 안 된다는 표정을 지었다.

"청랑이라는 애죠. 누구겠어요? 소아는 본 루의 이엽이라고요. 저하고 화엽(花葉) 다음으로 고강해요. 그러니 싸움을 말려야 하지 않겠어요?"

그때 민수림이 현수란에게 전음을 보냈다.

[현 당주하고 천면수라하고 싸우면 누가 이기죠?]

현수란은 눈을 깜빡거리면서 천면수라가 누군지 떠올렸다가 그와 자신이 싸우면 어떨지를 생각하고 나서 민수림에게 전음을 보냈다.

[제가 하수일 거예요.]

민수림이 배시시 미소 지었다.

[기억을 잃기 전에 청랑의 별호가 천면수라였어요.]

"악!"

현수란은 입 밖으로 비명을 내지르더니 화살처럼 밖으로 달려 나갔다.

"소야! 싸움을 멈춰!"

그녀가 막 문을 열었을 때 바깥에서 누군가의 날카로운 비명 소리가 들렸다.

"아악!"

청랑은 오초식만에 옥소를 쓰러뜨렸다.

바깥에 나가자마자 처음 오초식까지 두 사람은 맨손으로 싸웠지만 불리해지자 옥소가 먼저 검을 뽑았다.

천면수라를 무림백대살수 반열에 올려놓은 수법은 그녀의 놀랄 만큼 탁월한, 그리고 악랄할 정도로 잔인한 극쾌검법(極快劍法) 때문이다.

청랑의 검법은 복잡하지 않고 간명하다. 또한 화려하지 않으며 일단 펼쳐지면 반드시 피를 부른다.

옥소도 뛰어난 검법을 발휘하지만 청랑에 비하면 두어 수 하수라고 할 수 있다.

청랑의 검은 옥소의 가슴 한복판을 찔러서 검첨이 등 뒤로 한 뼘이나 튀어나왔다.

"아아……."

옥소가 뒤로 쓰러지면서 가슴을 찔렀던 검이 쑥 뽑혔다.

현수란이 달려 나갔을 때 옥소는 대전 밖 땅바닥에 쓰러진 채 가슴에서 콸콸 피를 쏟고 있었다. 새빨간 핏물이 금세 옥소와 주위를 붉게 물들였다.

현수란은 비명을 지르며 달려갔다.

"소야!"

옥소와 은조는 현수란에게는 동생 같은 존재다.

현수란이 땅바닥에 퍼질러 앉아서 옥소를 안자 그녀는 창백한 얼굴로 헐떡거렸다.

"루주… 저 사람을 원망하지 마세요… 제가 먼저 검을 뽑았거든요……."

다 죽어가는 상황에서도 옥소는 그런 말을 했다. 싸움이 정정당당했다고 말하는 것이고 자신이 죽는다고 해도 억울할 것이 없다고 말하는 것이다. 보통 이런 성격을 갖고 있는 사람은 흔하지 않다.

현수란이 입술을 깨물면서 쳐다보자 청랑은 피가 뚝뚝 떨어지는 검을 땅으로 향한 채 착잡한 표정으로 이쪽을 바라보고 있었다.

"죽일 생각은 없었어요… 나는 그냥……."

현수란은 옥소가 이렇게 된 것이 청랑 잘못이 아니라는 걸 짐작한다.

옥소는 승부욕이 강한 성격이라서 이기기 위해서라면 물불을 가리지 않았을 것이다.

그래서 분명히 먼저 검을 뽑았을 것이고 무리하게 살수를 전개하다가 이 지경이 됐을 것이다.

그때 민수림의 전음이 현수란의 고막을 울렸다.

[치료하게 안고 들어와요.]

"소야, 말하지 말고 가만히 있어라."

현수란이 안고 들어가는 동안 옥소는 몸을 세차게 부르르 떨더니 축 늘어지면서 정신을 잃었다.

그걸 본 현수란은 제정신이 아니다.

"소야… 정신 차려라… 소야……."

그리고 현수란이 옥소를 실내 바닥에 내려놓을 때 그녀는 숨이 끊어지고 있었다.

진검룡이 급히 다가가서 옥소 옆에 책상다리를 하고 앉자 현수란이 착잡한 얼굴로 신음처럼 중얼거렸다.

"죽었어요……."

현수란은 옥소를 안고 있는 자신의 손을 통해서 옥소의 심장 박동과 맥박이 느껴지지 않는 것을 알았다.

"비켜."

진검룡은 바닥에 퍼질러 앉아 있는 현수란의 엉덩이를 발로 저만치 밀어내고 옥소를 향해 앉아서 손바닥을 그녀의 가슴 한복판에 밀착시키며 순정기를 주입했다.

그러자 가슴 한복판에서 콸콸 쏟아져 바닥을 시뻘겋게 물들이던 피가 즉시 멈추면서 순정기가 옥소의 가슴 한복판 상처 속으로 파도처럼 주입됐다.

현수란은 옆에 앉아서 그 광경을 멍하니 응시하고 있지만 진검룡이 괜히 애를 쓰는 것이라는 생각이 들었다. 그저 한쪽 팔이 잘린 것처럼 허전하기만 했다.

호위대주 따위가 다 뭐라고 그런 것 때문에 옥소가 죽었다는 게 억울했다.

진검룡 주위에 민수림을 제외하고 모두들 다 모여서 착잡한 표정으로 지켜보는데 그가 옥소를 살릴 것이라고 생각하는 사람은 한 명도 없다.

중인이 봤을 때 옥소는 이미 죽은 사람의 모습을 하고 있었다. 죽은 사람을 살리지 못한다는 것은 코흘리개도 알고 있는 사실이다.

그때 조용한 목소리가 들렸다.

"소저, 술 드릴까요?"

사람들이 쳐다보니까 어느새 방에 들어와서 제자리에 앉은 청랑이 민수림에게 말하는 것이었다.

"말씀하시면 술 가져오라고 하겠습니다."

그렇지 않아도 술 생각이 났던 민수림이 가볍게 고개를 끄떡이자 청랑은 발딱 일어나서 밖으로 나갔다.

사람들은 그런 청랑을 보면서 아무리 어려서 철딱서니가 없기로서니 저 정도일까 하는 생각을 했다.

하지만 말로 그녀를 꾸짖는 사람은 아무도 없었다. 하지만 마음은 영 불편했다.

이유야 어찌 됐든지 간에 청랑이 싸우다가 검으로 찌른 옥소가 죽어가고 있는데 민수림 술을 챙길 정신이 어디에 있다는 말인가.

민수림도 또 그렇다. 그렇게 묻는다고 해서 술을 가져오라고 하는 것은 뭔가. 다들 이상하다.

그렇지만 청랑은 지금까지 진검룡이 다 죽어가는 사람을 살리는 것을 여러 번 목격했다.

그래서 그가 옥소를 치료하게 되면 잠시 후에 그녀가 아무일 없다는 듯이 훌훌 털고 살아난다는 것을 다 아니까 태연할 수 있는 것이다.

창백했던 옥소의 얼굴에 불그스름한 혈색이 도는가 싶더니 갑자기 크게 숨을 들이켰다.

"하아악!"

현수란과 중인이 크게 놀라서 쳐다보자 옥소가 눈을 뜨고 있었다.

"소야!"

"아… 루주."

옥소는 상체를 일으키려다가 엄숙한 표정의 진검룡이 손바닥으로 자신의 가슴을 지그시 누르고 있는 것을 발견하고 깜짝 놀랐다.

"주군……."

그 짧은 순간에 그녀는 자신이 청랑의 검에 가슴을 찔렸으며 진검룡이 자신을 치료해 주었다는 사실을 깨닫고 복잡한 심정이 되었다.

진검룡이 손을 떼고 일어서며 빙그레 웃었다.

"앞으로 랑아하고 싸우지 마라."

"네……."

옥소는 감히 진검룡 얼굴도 쳐다보지 못하고 고개를 숙이며 겨우 대답했다.

그때 문이 열리고 청랑이 들어오다가 깨어난 옥소를 발견하더니 대수롭지 않게 말했다.

"네가 호위대주를 해라. 난 관심 없어."

"어째서 갑자기 관심이 없다는 거지?"

옥소가 일어나면서 의아한 듯 묻자 청랑은 제자리에 앉으면서 시큰둥하게 대답했다.

"나는 호위대주 같은 거 목숨을 걸 정도로 하고 싶지는 않다는 얘기야. 그런 거 그렇게 절실하면 네가 해. 그리고 나 너 죽일 생각 전혀 없었어."

"아……."

옥소는 무언가 크게 깨닫는 표정으로 청랑을 바라보았다.

그러나 현수란을 비롯한 중인은 청랑과 옥소의 대화 같은 것에는 추호도 관심이 없다.

모두들 다 죽어가던, 아니, 이미 숨이 끊어졌다고 생각했던 옥소를 진검룡이 어떻게 그렇게 간단하게 살려냈는지 그게 놀랍고도 경이로울 뿐이다.

현수란은 옥소를 살펴보며 물었다.

"소야, 괜찮으냐?"

옥소는 자신의 가슴 한가운데를 만져보면서 어리둥절한 표정을 지었다.

"루주, 저 여길 검에 찔렸거든요? 그래서 피가 콸콸 쏟아지는 것을 제 눈으로 봤거든요?"

현수란이 심각하게 고개를 끄떡였다.

"그래. 나도 봤다."

"저는 죽을 거라고 생각했었어요."

"나도 그렇게 생각했었다."

현수란은 한쪽의 방으로 옥소의 손을 잡아끌었다.

"이리 와라. 내 눈으로 상처를 봐야겠다."

잠시 후에 방에서 나온 현수란과 옥소는 귀신에게 홀린 듯한 표정을 짓고 있었다.

사람들이 궁금한 듯 자신을 주시하자 현수란은 말도 안 된다는 표정으로 말했다.

"깨끗해요. 검에 찔리기는커녕 긁힌 흔적조차 없어요. 어떻게 그럴 수가 있는 거죠?"

현수란은 자리에 앉아 있는 진검룡에게 다가가서 도저히 이해할 수 없다는 표정으로 물었다.

"주군, 저 아이에게 어떻게 한 거죠?"

진검룡은 태연자약했다.

"어떻게 하긴? 내가 살렸잖아? 잘못한 건가?"

"그게 아니라 어떤 방법으로 살린 거죠?"

그때 두 명의 하녀가 맛있는 요리와 술, 잔 따위가 놓인 커다란 쟁반을 들고 들어왔다.

청랑은 하녀들에게 탁자의 민수림 앞에 요리와 술을 차리라는 손짓을 해 보이며 현수란에게 말했다.

"주인님께선 어떤 상처라도 손만 대면 다 치료해요. 어쩌면 죽은 사람을 살릴 수 있을지도 몰라요."

"죽은 사람을 살려본 적은 없다."

풍건이 고개를 끄떡였다.

"나는 검황천문 뇌옥에 감금되어 무공이 폐지되고 혹독한 고문을 당했었는데 주군께서 내 무공을 되찾아주시고 치료해 주셨소."

풍건의 말을 듣고서도 현수란을 비롯하여 몇몇 사람은 진검룡의 신기를 모르기 때문에 불신의 표정을 지으면서 진검룡을 쳐다보았다.

그들이 보기에 옥소는 이미 숨이 끊어진 것이나 다름이 없는 상태였다.

설혹 천하의 명의가 와서 옥소를 살린다고 가정하더라도 최소한 반년 이상 자리보전하고 침상에 누워서 정성껏 치료를 받아야만 나을 수 있을 터였다.

그런데 진검룡이 손바닥을 옥소의 가슴에 밀착시키고 채 다섯을 세기도 전에 그녀가 깨어나 눈을 떴다. 대저 이런 사실을 누가 믿을 수 있다는 말인가.

진검룡은 순정기에 대해서 설명할 방법도 없고 설명해 봐야 사람들이 믿지도 않을 거라서 손을 휘휘 저었다.

"다들 앉아서 하던 얘기나 마저 하세."

그렇지만 중인들의 뇌리에서 오늘의 일은 죽을 때까지 지워지지 않을 것이다.

진검룡과 민수림을 비롯한 두 명의 총관과 총무장, 그리고 다섯 명의 당주들은 곧 다가올 영웅문 개파에 대해서 여러 가지 의견을 교환했다.

현재 혜림원에는 풍건이 이끌고 온 곤산파 무사 이십오 명만 상주하고 있지만 정식으로 영웅문이 개파를 하게 되면 인원이 무려 천칠백여 명에 이르는 대문파가 된다.

물론 천칠백여 명 대부분 오합지졸에 불과하겠지만 무림에 이렇게 많은 인원을 보유하고 있는 방파는 아마도 사파나 녹림뿐일 것이다.

보름날까지 사흘이 남았다. 영웅문 개파를 위한 계획은 철저하게 다 짜여 있으니 이제 개파 전날에 천칠백여 명이 모이기만 하면 된다.

혜림원 뒤쪽에서 흘러들어 온 세류천이 흐르는 주변에는 그림처럼 지어진 십오류 채의 전각들이 모여 있다.

그 전각들 중 한 채에 진검룡과 민수림을 비롯한 가족들이 거처하고 있다.

진검룡이 전각 이름을 청풍각(淸風閣)이라고 지었다. 예전 그의 사문이 청풍원이었기 때문이다.

전각 이름을 청풍각이라고 지으니까 사모님인 상명이 제일 좋아하고 딸인 장한지는 진검룡에게 안기면서 눈물을 보이기까지 했었다.

청풍원이 비웅보에 멸문을 하자 제자들이 추풍낙엽처럼 우수수 다 떨어져 나가고 끝까지 남은 사람은 진검룡과 독보 두 사람뿐이었다.

사부와 사문을 잃은 아픔을 딛고 진검룡과 독보는 저잣거리에서 힘든 허드렛일을 마다하지 않으면서 죽은 사부의 가족 즉, 상명과 장한지를 정성껏 봉양했다.

이후 진검룡이 기연을 얻고 운명적으로 민수림을 만나 시쳇말로 하루아침에 팔자가 펴고 대박을 터뜨리게 됐지만, 그런데도 그가 예전과 다름없이 상명에게 극진하고 장한지를 친누이동생처럼 귀여워해 주니 그녀들로서는 이보다 더 고마운 일이 없었다.

혜림원 배후의 먼발치에 우뚝 솟아 있는 옥황산에서 발원

한 세류천은 이곳 드넓은 혜림원 안에 열두 개의 크고 작은 호수들을 만들었다가 마지막으로 혜림원 앞을 흐르는 장항천으로 흘러들어 간다.

혜림원은 크게 두 군데로 나누어지는데 서쪽에서 동쪽으로 흐르던 세류천이 중간쯤에서 남쪽에서 북쪽으로 흐르고, 그것을 경계선으로 동쪽 장항천 쪽이 전원(前院)이고 서쪽 옥황산 쪽이 후원(後院)이다.

전원보다 후원이 두 배 반 정도 더 넓으며 정원이나 뜰 인공 숲이 잘 가꾸어져 있는 데다 다섯 개의 호수가 곳곳에 산재했는데, 세류천과 호숫가에 모두 열여섯 채의 전각들이 한 폭의 그림처럼 자리를 잡고 있다.

第五十三章

금성문(金星門)

저녁 식사 후에 진검룡과 민수림은 상명에게 인사를 하고 나서 이 층 자신들의 방으로 향했다.

아래층에는 식당과 주방, 거실, 접객실 등이 있고 이 층에는 이십여 개의 방이 있는데 진검룡과 민수림을 비롯한 가족들은 다 이 층에서 지내고 있다.

진검룡의 몸종인 하선이 이 층 노대(露臺)에 술상을 차려놓아 두 사람은 그곳으로 향했다.

진검룡과 민수림의 방은 창을 면해 나란히 있는데 같은 노대를 사용하고 있으며 따로 분리할 수도 있다.

진검룡이 잔에 술을 넘치도록 가득 따르고 두 사람이 잔을 들어 올렸다.

민수림이 방그레 미소 지었다.

"하루 중에 지금이 제일 좋아요."

"나도 그렇습니다."

두 사람이 술잔을 입에 대려고 할 때 누군가 청풍원 쪽으로 달려오고 있는 기척이 감지됐다.

두 사람은 약속이나 한 듯이 급히 술잔을 비우고 재빨리 또 한 잔을 따랐다.

달려오는 사람의 파공음과 기척, 속도 등으로 미루어 경계를 서고 있는 곤산파의 무사가 진검룡에게 뭔가 보고하러 오는 것 같았다.

그가 오면 어쩐지 술을 더 이상 마시지 못할 것 같아서 그 전에 몇 잔 더 마시려고 서두르는 것이다.

두 잔째 마시고 진검룡이 다시 술을 따르려니까 민수림이 그의 손에서 술병을 뺏어 병째 마시기 시작했다.

이런 모습을 보면 천하절색의 미모를 지닌 아름다운 소녀답지가 않았다.

그런데도 진검룡은 민수림이 한없이 아름답고 사랑스럽기만 했다. 그는 민수림이 무얼 해도 다 예쁠 터이다.

술병 주둥이와 민수림의 입 사이에서 새어 나온 술이 그녀의 턱을 타고 목으로 흘러내렸다.

진검룡이 손을 뻗어 그녀의 턱과 목의 술을 닦아주었다.

그런데도 민수림은 개의치 않고 입에서 술병을 떼지 않고 계속 마셨다.

곤산파 출신 경계무사가 진검룡에게 한 보고는 뜻밖에도 현수란이 왔다는 것이다.

현수란은 오늘 거의 하루 종일 진검룡 곁에 있다가 아까 늦은 오후에 떠났었는데 이 밤중에 다시 왔다고 한다. 필시 다급하고 중요한 일이 터진 모양이다.

"주군!"

현수란은 진검룡과 민수림이 술을 마시고 있는 노대까지 곧장 들이닥쳤다.

진검룡과 민수림이 보니까 현수란의 표정은 두 사람이 생각했던 것보다 훨씬 더 심각했다.

너무 심각해서 건드리기만 해도 울 것만 같았다. 그녀의 이런 표정을 진검룡은 처음 본다.

"무슨 일이지?"

현수란은 매우 불안한 표정으로 진검룡의 팔을 잡았다.

"주군, 금성문주가 다 알고 있어요."

진검룡은 흠칫했다. 금성문이라면 항주양대방파로서 오룡방하고는 달리 세력권이나 영향력 같은 것을 행사하지 않는 오로지 무학만을 숭상하는 문파다.

속이야 어떤지 모르지만 진검룡이 알고 있는 금성문은 그 정도가 전부다.

진검룡은 일어나서 현수란을 의자에 앉히고 자신도 앉고 나서 물었다.

"금성문주가 뭘 알고 있다는 거지?"

"모두 다 알아요. 이번 보름날에 우리가 계획하고 있는 것들과 이곳 혜림원에서 영웅문이 잉태되고 있다는 사실까지 속속들이 알고 있어요."

"그걸 어떻게……."

"금성문이 알려고 들면 모르겠어요?"

"하긴……."

진검룡은 현수란이 평소하고는 달리 몹시 불안하고 당황하고 있는 것을 간파했다.

"수란."

"아아… 어떻게 하죠? 금성문주가 이렇게 나올 것이라는 예상을 하지 못했어요."

진검룡은 두 손으로 현수란의 양쪽 어깨를 잡고 가볍게 흔들며 그녀의 얼굴을 똑바로 주시했다.

"수란."

"네?"

"정신 가다듬고 마음 가라앉혀."

"……."

진검룡은 그녀가 매우 크게 놀라고 불안해한다고 판단했기에 우선 그것부터 안정시켜야겠다고 생각했다.

이러는 것만 봐도 그녀가 평소에 금성문주를 어떻게 생각하는지 짐작할 수 있다.

진검룡은 술을 한 잔 가득 부어서 현수란에게 내밀었다.

현수란은 진검룡 얼굴과 술잔을 번갈아 쳐다보더니 그의 의도를 깨닫고 술잔을 받아서 단숨에 마셨다.

"후우우……."

현수란은 한숨을 길게 내쉬고 나서 두 손으로 가슴을 지그시 누르며 진정하려고 애썼다.

진검룡은 현수란처럼 경험이 풍부하고 수양이 깊은 여자가 금성문주의 어떤 행동 때문에 이처럼 놀라고 당황했는지 궁금하기 짝이 없다.

"이제 얘기해 봐. 무슨 일이지?"

현수란은 다시 한번 길게 호흡하고 나서 입을 열었다.

"금성문주가 주군을 만나기를 원해요."

"허리를 뚝 잘라서 말하지 말고 어떻게 해서 그를 만났는지부터 차근차근 말해봐."

현수란은 눈을 깜빡거리면서 생각을 정리했다.

"제가 십엽루에 돌아가니까 금성문주의 제자 한 명이 기다리고 있었어요. 금성문주가 저를 부른다고 해서 저는 그를 따라서 금성문에 갔어요."

진검룡은 현수란이 어째서 뿌리치지 못하고 금성문주의 제자를 순순히 따라간 것인지, 또한 금성문주가 어째서 현수란을 한밤중에 아랫사람처럼 부를 수 있는 것인지 궁금했지만 말을 끊지 않았다.

"그래서 금성문주를 만났는데 그는 매우 화가 난 얼굴로 주군과 태상문주, 그리고 영웅문에 대해서 얘기했어요."

진검룡은 고개를 갸웃거렸지만 이번에도 현수란의 말을 자르지 않았다.

"그는 영웅문에 대해서 속속들이 알고 있었어요. 모르는 게 하나도 없어요."

"금성문주는 어떤 인물인가요?"

결국 민수림이 물었다. 왜냐하면 금성문주라는 인물에 대해서 알아야지만 현수란이 하고 있는 말을 더 잘 이해할 수 있을 것이기 때문이다.

"오룡방과 금성문이 항주양대방파인데 금성문주는 우리가 모르는 또 다른 무언가가 있는 것 같군요?"

민수림의 예리한 물음에 현수란은 약간 멍한 표정을 지었다가 이윽고 고개를 끄떡였다.

"금성문주는 항주무림의 정신적인 지주예요. 그것은 항주 사람이라면 다 알고 있는 사실이에요."

민수림이 진검룡을 쳐다보자 그는 고개를 끄떡였다.

현수란의 말을 요약하면 이렇다.

그동안 오룡방은 항주에서 크고 작은 많은 나쁜 짓들을 일삼아왔었다.

오룡방에 협조하지 않는 항주의 여러 방파와 문파들은 자신들에게 가해지는 오룡방의 박해를 견디다가 그것이 도가 지나쳐서 더 이상 견딜 수 없을 지경에 이르면 금성문에 도움을 요청했다.

그러면 금성문은 그 일에 대해서 자세히 조사를 하여 좋은 쪽으로 해결해 주곤 했었다.

오룡방은 금성문을 어느 정도 존중하는 터라서 금성문이 중재를 하면 못 이기는 척 물러서기도 하고 그냥 물러서기 무엇하면 오룡방이 제시하는 여러 조건들을 받아들이는 선에서 물러나 주었다.

그랬기에 항주무림의 뚜렷한 양극화는 오룡방은 악(惡)이고 금성문은 선(善)이라는 것이다. 거기에 하나를 더하면 금성문은 항주의 구세주다.

그렇게 전대(前代)에서부터 작금에 이르기까지 금성문이 항주의 수호신 역할을 해오고 있다.

"금성문주는 자신들에게 아무런 보고나 상의도 하지 않은 상태에서 영웅문이 개파를 하고 또 항주에서 오룡방을 몰아내는 일을 단독으로 행하는 것에 대해서 매우 불쾌하게 여기고 있어요."

"허어… 그런 건가?"

진검룡은 입맛을 쩝쩝 다셨다.

항주 저잣거리 생활을 수년간 해온 진검룡에게 있어서 오룡방이 저승사자라면 금성문은 태양 같은 존재였다. 그것은 진검룡만이 아니라 항주 사람이라면 다 그렇게 생각하고 있을 터이다.

사실 항주 성내 용정교 일대에서 하루 벌어서 하루 먹고살았던 진검룡 같은 인생들에게 있어서 오룡방의 한기는 뼛속 깊숙이까지 파고들었지만 금성문의 따뜻한 온기는 조금도 느껴본 적이 없다.

그랬지만 들리는 소문에 의하면 금성문이 어느 방파를 구해주고 또 어느 문파와 어떤 거리 사람들을 오룡방의 학정에서 건져주었다고 하니까, 진검룡 같은 사람들은 막연하게나마 금성문이 태양 같은 존재라고 여겨왔던 것이다.

태양 같은 존재인 금성문의 따사로움은 진검룡보다 훨씬 더 높은 곳에 비쳤을 뿐이다. 그런데도 진검룡은 금성문을 자신에게도 태양인 양 여겼다.

민수림이 차분한 목소리로 말했다.

"말하자면 무고한 양민들을 해치고 있는 괴물을 죽이려고 하는데 왜 허락을 받지 않고 괴물을 죽이는 것이냐고 꾸짖는 거로군요?"

"네?"

현수란은 바늘로 엉덩이를 콕 찔린 것 같은 찔끔한 표정을 지었다.

"그… 런 거죠."

민수림의 비유가 아주 적절했기 때문이다.

민수림의 말을 듣는 순간 진검룡은 정신이 번쩍 들었다. 그의 머릿속에서 금성문이 태양이라는 고정관념이 빠르게 희석되기 시작했다.

만약 그에게 단 한 번만이라도 금성문의 따뜻한 온기가 느껴졌더라면 뭔가 다를 테지만 그저 금성문은 먼 곳의 전설일 뿐이다.

민수림이 입술 끝으로만 살짝 미소 지었다.

"마땅히 죽여야 할 괴물이 있다면 누가 죽이든 상관이 없어야 하는 거 아닌가요? 그런데 금성문은 어째서 괴물을 죽이는 것이냐고 딴죽을 걸고 있군요. 제 손으로는 죽이지 못하는 주제에 말이죠."

"그런 셈이죠."

현수란은 씁쓸하게 웃었다.

민수림은 기억을 잃었고 항주에 대해서는 진검룡만큼도 아는 것이 없지만 그 대신 하늘도 놀라게 하는 두뇌가 있다.

그녀는 금성문에 대한 현수란의 설명을 듣고 나서 한 가지 사실을 분명히 알게 되었다.

항주에는 괴물이 두 마리 있는데 한 마리는 겉으로 보기에도 속으로도 나쁜 괴물이고, 또 한 마리는 겉으로 보기에는 착한 짐승 같은데 속으로는 나쁜 괴물보다 더 나쁜 괴물이라는 사실을 말이다.

물론 항주에 대해서 자세히 모르고 있는 민수림이 틀렸을 수도, 잘못 생각했을 수도 있다.

하지만 지금 그녀가 보는 관점은 그렇다. 자신들을 따돌렸다고 금성문이 화난 것이다.

단순히 그것이고 복잡하게 생각해도 그것이다. 그러나 복잡할 것 없다.

금성문주는 철부지 어린아이처럼 심통이 난 것일 뿐이다. 그러므로 소인배다. 대인을 가장한 소인일 뿐이다. 민수림의 결론은 그랬다.

진검룡은 고개를 갸웃거렸다.

"그런데 금성문이 우리에 대해서 어떻게 그렇게 자세히 알고 있는 걸까?"

현수란은 씁쓸한 표정을 지었다.

"항주에 대한 것이라면 단 하나도 금성문의 이목을 벗어날 수 없어요."

"어째서 그렇죠?"

"항주의 거의 모든 사람들이 금성문과 연결되어 있기 때문이에요."

듣고 있던 진검룡이 고개를 끄떡였다.

"맞아. 그건 그래."

진검룡이 예전에 활동하던 용정교 일대 저잣거리만 해도 금성문과 연관된 사람이 최소한 열 명 이상 있었다.

금성문이 항주 성내에서 운영하고 있는 점포는 다 합해도 열 개가 넘지 않았다.

그래서 금성문의 수익은 전적으로 제자들의 월경(月敬: 수업료)에 의존하고 있다.

금성문의 무공이 워낙 전통이 깊으며 정통적이고 고매한 데다 수준이 높기 때문에 항주의 거의 모든 가정에서는 자식을 금성문의 제자로 입문(入門)시키기 위해서 사생결단을 하고 있는 실정이다.

항주에서 무술을 배우려고 하는 사람은 무조건 금성문을 수료해야지만 무인의 자격이 있는 것 같은 분위기가 조성되어 있었다.

그렇지만 금성문은 매월 열 명 남짓의 제자만 입문시킨다. 정원 오백 명을 준수하기 때문이다.

그러니까 금성문은 모든 과정을 터득해서 수료하고 문파를 떠난 인원수만큼만 매월 입문자로 받아들이니까 항상 오백 명을 유지하고 있는 것이다.

자식을 금성문에 입문시키려면 그야말로 하늘의 별 따기가 따로 없다.

금성문을 수료한 제자들 중에서 항주를 떠나 다른 지방으로 가거나 무림을 떠도는 사람은 칠 할 정도이고 나머지 삼 할은 그냥 항주에 머문다.

항주에 머무는 사람들 중에 무술이 뛰어난 사람은 무도관 같은 것을 운영하고 다른 사람들은 여러 방파나 문파에 들어가서 고수나 무사로서 활약한다.

금성문을 수료한 사람은 항주와 인근의 어떤 방파나 문파에서도 쌍수를 들어 환영한다.

그런 식이기 때문에 항주 성내에서는, 아니, 항주를 중심으로 해서 인근 백여 리 일대에는 서너 집, 건너 한 집 식으로 금성문 제자가 있다.

*　　　*　　　*

민수림이 궁금한 얼굴로 진검룡에게 물었다.

"무슨 뜻이죠?"

"수림, 항주 전체가 금성문이라고 보면 됩니다."

"그것은……."

민수림은 빠져들 것처럼 아름다운 눈을 깜빡거리면서 골똘하게 생각하다가 나직한 탄성을 터뜨렸다.

"아… 그런 건가요?"

그녀는 진검룡의 설명을 듣기도 전에 항주 전체가 어째서 금성문일 수 있는 것인지를 곧 이해했다. 그것은 그녀이기에 가능한 일이다.

"그렇다면 이곳 혜림원에 있는 사람들 중에서도 금성문과 연관이 있는 사람이 매우 많다고 봐야겠군요."

"그렇습니다."

그런 형편이라면 오늘 이곳 혜림원에 누가 왔었고 무슨 일이 있었는지를 금성문이 일목요연하게 훤히 안다고 해도 결코 이상한 일이 아니다. 오히려 금성문이 모르고 있으면 이상한 일이다.

진검룡이 현수란에게 물었다.

"금성문주가 무슨 말을 하던가?"

"주군을 만나고 싶다더군요."

사실 금성문주는 현수란더러 진검룡을 데려오라고 했는데 차마 그렇게까지는 말하지 못했다. 그러면 진검룡이 화를 낼 것 같아서다.

약속이라는 것의 정의는 어딘가 중립적인 장소에서 따로 시간을 정해서 만나는 것인데 당장 데려오라는 것은 강제성이 있는 것이다.

민수림이 말했다.

"그 정도 위치에 있는 사람이라면 검룡에게 만나자고 하기보다는 인사하러 오라고 말했을 것 같군요."

현수란은 씁쓸한 표정을 지었다.

"소저 말씀이 맞아요."

"아마도 그가 이렇게 말했겠죠? '그놈을 당장 내 앞에 끌고 와'라고 말이에요."

"……."

현수란은 깜짝 놀라서 상체를 움찔 떨고 눈을 크게 뜨고서 민수림을 바라보았다.

그래서 진검룡과 민수림은 그녀가 대답을 하지 않아도 민수림의 말이 맞을 것이라고 짐작했다.

현수란이 크게 놀란 이유는 민수림이 금성문주가 한 말을 마치 옆에서 들은 것처럼 토씨 하나 틀리지 않고 똑같이 말했기 때문이다.

현수란이 경직된 자세로 신음하듯이 물었다.

"어… 떻게 알았죠?"

민수림은 술잔을 들면서 갸름한 턱으로 현수란을 가리켰다.

"당신이 묘사한 그 사람이라면 그렇게 말했을 것 같다는 생각이 들었어요."

"어쩌면……."

현수란은 감탄하는 표정으로 민수림을 바라보았다.

진검룡이 민수림의 빈 잔에 술을 따랐다.

"한 잔 더 하고 갑시다."

"그래요."

현수란은 깜짝 놀랐다.

"어… 딜? 설마… 금성문에 가겠다는 건가요? 지금 이 시각에 말인가요?"

진검룡은 밤하늘의 별을 살피며 하선에게 물었다.

"늦었나? 선아, 지금 시각이 얼마나 됐느냐?"

수루(水漏: 물시계)를 보고 시각을 확인한 실내의 하선이 다가와서 공손히 대답했다.

"해시(밤 10시경)가 지났어요."

진검룡이 민수림에게 말했다.

"금성문주가 수란더러 우릴 데려오라고 했다면 일찍 자지는 않을 겁니다."

"그럴 거예요."

민수림은 고개를 끄떡이고 나서 술 한 잔을 입안에 쏟듯이 붓고는 일어섰다.

"가요."

현수란은 엉거주춤 일어섰다.

"정말 가실 건가요?"

진검룡이 현수란의 등을 슬쩍 밀었다.

"앞장서."

"다시 한번 생각해 봐요. 금성문은 용담호혈이에요."

"지옥이래도 상관없어."

진검룡과 민수림은 밤 산책이라도 나가는 듯한 모습이다.

금성문은 항주 동문 밖 동류하(東柳河)라는 강가에 자리를 잡고 있다.

거대한 금성문 전각군 위 야공 십오 장 높이에 진검룡과 민수림, 현수란이 정지 상태로 떠 있다.

얼마 전까지만 해도 진검룡이 이 정도 허공에 솟구쳐서 정지 비행을 하려면 하나에서 열까지 철저하게 민수림의 도움을 받아야지만 가능했다.

그런데 이제는 완전하지는 않지만 절반 이상, 약 육 할 정도는 자신의 능력으로 허공 높이까지 비상하거나 정지 상태에서 떠 있을 수가 있다.

물론 나머지 사 할은 아직도 민수림의 도움을 받아야지만 가능한 일이다.

민수림이 가르쳐 준 무영능공표의 이초식 능공표를 전개하는 덕분에 가능한 일이다.

[어디죠?]

민수림이 전음으로 물었으나 현수란은 입이 얼어붙어서 대답하지 못하고 질린 표정으로 까마득한 아래를 굽어보고 있을 뿐이다.

현수란은 살아생전에 이렇게 높은 허공에 올라온 적이 처음이라서 기가 질려 버렸다.

인간의 몸으로 이 정도 높이까지 올라올 수 있다는 것 자체가 믿어지지 않았다.

그제야 현수란은 진검룡과 민수림이 자신이 알고 있는 것보다 훨씬 더 고강하다는 사실을 새삼스럽게 깨달았다.

[수란, 금성문주 거처가 어딘가요?]

[아… 저기예요. 미안해요.]

민수림이 재차 전음으로 물어서야 현수란은 정신을 겨우 수습하고 지상의 한 전각을 가리켰다.

금성문주는 현수란더러 전광신수를 데려오라고 호통을 쳐서 보냈지만 그녀가 정말 전광신수를 데리고 늦은 밤에 찾아올 것이라고는 생각하지 않았다. 단지 자신이 이렇게 화가 났다는 사실을 보여주었을 뿐이다.

그래서 그는 술시(밤 8시경)에 정확하게 퇴근하여 자신의 가족이 살고 있는 후원의 사택으로 귀가했다.

금성문의 여러 웅장한 전각군에서 뚝 떨어진 인공 숲 속에 위치한 사택은 아무도 지키고 있지 않았다.

금성문주는 스스로의 무공을 매우 자신하기 때문에 호위고수 같은 것을 세우지 않는다.

금성문주가 항주를 중심으로 인근 이백여 리 이내에서 제일고수라는 사실은 알 만한 사람은 다 알고 있다.

금성문주의 사택은 이 층 규모이고 아내와 세 명의 자식들이 함께 기거하고 있다.

스으…….

진검룡과 민수림, 현수란은 사택 앞에 추호의 기척도 없이 내려섰다.

민수림이 세 사람 주위에 무형막을 펼쳤기 때문에 현수란이 무슨 기척을 낸다고 해도 금성문주는 절대로 감지하지 못할 것이다.

진검룡이나 민수림이 손도 까딱하지 않았는데 사택의 일층 문이 누가 잡아당긴 것처럼 소리 없이 밖으로 열렸다. 민수림의 솜씨다.

현수란은 그걸 보고 놀라서 입도 벙긋하지 못했다. 시간이 흐를수록 그녀는 진검룡과 민수림의 무공 수준이 자신이 알고 있던 것보다 점점 더 고강하다는 사실을 깨닫게 되어 오금이 저리는 것을 어쩌지 못했다.

문이 활짝 열리자 세 사람은 사택 안으로 스르르 미끄러져 들어가고 그 뒤쪽에서 문이 저절로 닫혔다.

어떻게 세 사람씩이나 남의 집에 잠입을 하는데 이처럼 일말의 기척조차 나지 않을 수 있는 것인지 현수란으로서는 그저 기가 막힐 뿐이다.

진검룡과 민수림, 현수란은 이 층에서 두런거리는 사람 목소리를 들었다.

현수란은 그 목소리의 주인이 금성문주인 공손우(公孫優)라는 것을 알아차렸다.

진검룡과 민수림, 현수란 세 사람은 계단을 통하지도 않고 그냥 허공으로 둥실 떠올라 이 층으로 올라갔다가 저만치 불빛이 새어 나오는 곳으로 미끄러져 갔다.

그때 현수란은 자신의 두 발이 바닥을 딛고 있지 않다는 사실을 그제야 깨달았다.

그녀는 물론이고 진검룡과 민수림은 아까 밤하늘에서 땅으로 내려온 이후 줄곧 땅이나 바닥에서 반 자쯤 뜬 상태에서 이동하고 있는 중이다.

현수란은 이것이 경공의 상승수법인 능공허도나 허공답보 같은 것이며 최소한 구파일방의 고매한 장로나 장문인 정도가 돼야 흉내를 낼 수 있는 것이라고 알고 있다.

그런데 지금 그 수법이 진검룡과 민수림에 의해서 전개되고 있는 것이다.

'말도 안 돼……'

현수란은 지금 벌어지고 있는 이 상황이 그저 꿈만 같다는 생각만 들었다.

진검룡 등이 다가가고 있는 어느 방의 문이 열려 있으며 목소리는 그 안에서 흘러나오고 있었다.

방문이 열려 있는 것을 보면 침입자 같은 것을 전혀 경계하지 않는다는 뜻이다.

방 너머 노대에 다섯 명이 탁자에 둘러앉아서 술잔을 기울이며 두런두런 대화를 하고 있는 광경이 어슴푸레한 방의 끄트머리로 부윰하게 보였다.

그들 중에 사십 대 중반 정도의 장한이 공손우인 것 같고 이남이녀가 있는데 이남은 아들이고 이녀의 한 여자는 부인,

한 여자는 딸인 듯했다.

한겨울이지만 남쪽 지방인 항주의 겨울은 그다지 춥지 않아서 노대에서 창을 열어놓고 술잔을 기울이는 것이 가능하다. 더구나 무공을 익힌 사람들에게 항주의 겨울 같은 것은 추위라고 할 수도 없다.

실내에는 벽에 유등 하나만 밝혀져 있으며 노대가 더 환해서 여기에서는 노대가 잘 보이지만 노대에서는 방 쪽이 잘 보이지 않았다.

그래서 진검룡 등이 방을 가로질러 공손우 바로 뒤 두 걸음까지 이르러서야 정면에 앉은 장남 공손창(公孫昶)과 딸 공손설(公孫雪)이 무언가를 발견하고 안색이 가볍게 변했다.

공손창과 공손설은 부친 공손우 뒤 어두컴컴한 곳에 마치 저승사자처럼 나란히 서 있는 세 개의 희끄무레한 얼굴을 보더니 눈을 있는 대로 부릅뜨고 입을 크게 벌렸다.

그런데 너무 놀랐기 때문인지 비명은커녕 신음 소리도 나오지 않았다.

공손우는 맞은편의 자식들을 보고 자신의 뒤에 무언가 있다는 사실을 직감하고 공력을 끌어올리는 것과 동시에 벼락같이 상체를 돌리면서 일장을 뿜어냈다.

휘잉!

그런데 같은 순간 진검룡 등이 슬쩍 옆쪽으로 걸어오면서 일장을 피하는 것과 동시에 태연하게 말을 걸었다.

"합석해도 되겠소?"

퍼펙!

공손우의 일장은 허공을 비스듬히 가로질렀다가 저만치 천장에 적중됐다.

공손우와 그의 가족은 난데없이 나타난 진검룡 등을 보고 너무 놀란 나머지 비명도 지르지 못했다.

그 순간 서로 마주 보고 앉아 있는 두 명의 아들 공손창과 공손결(公孫潔)이 벌떡 일어서면서 진검룡 등을 향해 벼락같이 쌍장을 발출했다.

아니, 발출하려고 두 팔을 들어 올리다가 민수림의 무형지강에 마혈이 제압됐다.

"허엇……?"

"으으……."

두 아들은 움직이지 못하게 되자 눈을 휘둥그렇게 뜨고 신음 소리를 냈다.

진검룡이 태연하게 말했다.

"우린 아직 적이 아니니까 공격하지 마시오."

적이 아니라는 말에 공손우는 자리에 앉은 채 위엄 있는 표정을 지었다.

"너희는 누구냐?"

진검룡이 현수란의 어깨에 팔을 올리면서 미소 지었다.

"수란더러 날 데려오라고 하지 않았소?"

공손우는 그제야 진검룡 일행의 가장자리 어두컴컴한 곳에 서 있는 현수란을 발견하고 눈을 크게 떴다.

"너는 수란 아니냐?"

항주오대중방파인 십엽루의 루주이며 항주십대인의 한 명인 현수란 이름을 거침없이 부르고 있다.

공손우의 얼굴에 놀라움이 떠올랐지만 그보다 빨리 두뇌가 회전했다. 그는 어떻게 된 일인지 즉시 간파했다.

"네놈이 전광신수로구나."

진검룡의 미간이 확 좁혀졌다. 그는 그래도 공손우에게 최소한의 예의를 차렸는데 그는 대뜸 '네놈'이라고 하니까 기분이 나빠진 것이다.

"네놈이 공손우냐?"

진검룡 입에서 튀어나온 말에 다들 놀라는데 민수림만은 배시시 미소를 지었다.

그녀는 강한 자에게는 강하고 약한 사람에겐 한없이 약한 그의 성격을 잘 알기 때문이다.

"이놈이 감히!"

공손우는 벌떡 일어나면서 진검룡을 공격하려다가 조금 전에 자신이 일장을 발출한 것을 진검룡 등이 간단하게 피하고 또 두 아들을 손쉽게 제압했다는 사실을 퍼뜩 떠올리고는 동작을 멈추었다.

괜히 경거망동하여 출수했다가는 낭패와 치욕을 한꺼번에

겪을 수 있다는 생각이 뇌리를 스쳤다.

진검룡은 혈도가 제압되지 않은 딸 공손설에게 명령하듯이
말했다.

"너는 가서 우리가 앉을 의자를 가져와라."

공손설은 더없이 순결한 용모를 지녔으면서도 호기심 어린
표정으로 진검룡과 민수림을 바라보다가, 고개를 끄떡이며 일
어나서 종종걸음으로 방으로 들어갔다.

第五十四章

영웅호위대(英雄護衛隊)

진검룡이 공손우에게 타이르듯이 말했다.

"가는 말이 고와야 오는 말도 고운 것이오."

그 말뜻을 모를 리가 없는 공손우다. 자신이 조금 전에 진검룡에게 '네놈이 전광신수로구나'라고 했던 말 때문에 그가 거칠어진 것이다.

진검룡의 말인즉 네가 또 함부로 말하면 나도 또 그러겠다는 뜻이다.

그렇다고 해도 공손우는 아들보다 나이가 어린 놈에게 이놈 저놈 소리를 듣고 훈계까지 들으니까 속이 비틀어졌다.

"으음……! 어린놈이 감히 내가 누군 줄 알고……."

공손우는 진검룡과 민수림이 아주 싫어하는 언행만 골라서 하고 있다.

"의자 가져왔어요."

진검룡이 막 발작을 하려는데 공손설이 두 팔로 의자 세 개를 잔뜩 그러안고 와서는 진검룡과 민수림의 옆쪽에 내려놓으며 말했다.

그때 마혈이 제압된 장남 공손창이 뻣뻣한 몸으로 말했다.

"우리 혈도를 풀어주고 앉아서 얘기합시다."

그러자 진검룡과 민수림, 현수란 아무도 움직이지 않고 손가락 하나 까딱하지 않았는데 공손창과 공손결의 마혈이 저절로 풀려 버렸다.

그런 광경을 공손우를 비롯한 그의 가족이 모두 봤기 때문에 그때부터는 감히 경거망동하지 못했다.

노대가 넓기는 하지만 진검룡 일행 세 명까지 탁자 둘레에 앉으니까 꽉 찼다.

공손우와 아들딸, 그리고 부인은 아무 말도 하지 않고 가만히 있는데 진검룡이 탁자를 훑어보더니 의자를 갖고 오고 나서 다소곳이 앉아 있는 공손설에게 말했다.

"너, 가서 먹을 만한 요리하고 술 좀 더 가져와라."

"네."

십칠팔 세 정도로 보이고 바람만 살짝 불어도 날아갈 것처럼 섬약한 체격에 떡가루를 발라놓은 것처럼 새하얀 얼굴의 소유자인 공손설은 이 낯설고 거친 침입자가 무섭지 않은지 공손히 대답하고 일어섰다.

공손창과 공손결은 진검룡의 거침없는 언행이 생소하면서도 무척 마음에 들었다.

비록 부친에게 이놈 저놈 하는 것은 심했지만 그것은 부친이 먼저 실수를 한 것이다.

그렇게 생각하는 공손가의 이 형제는 평소 정의로운 청년이라는 정평이 나 있다.

공손창이 진검룡과 민수림에게 포권을 하며 굵직한 목소리로 인사했다.

"불초는 공손창이오. 금성문주의 장남이오."

곧이어 공손결이 포권하며 인사했다.

"불초는 공손결이고 차남이오."

공손설이 노대로 걸어오다가 멈춰서 포권을 하며 살포시 고개를 숙였다.

"소녀는 막내딸 공손설이에요."

민수림이 전음을 했다.

[견부(犬父)에 호자(虎子)로군요.]

진검룡이 의아한 표정을 지었다.

[그게 뭡니까?]

[개 같은 아버지에 호랑이 같은 자식이에요.]

공손우와 그의 자식 삼남매를 가리키는 것이다.

진검룡은 가볍게 고개를 끄떡였다.

[딱 맞습니다.]

진검룡이 보기에 공손창과 공손결, 공손설 삼남매는 어디에 내놔도 나무랄 데 없는 이목구비에 체격, 그리고 헌앙한 기개와 성품을 지닌 것 같았다.

공손우의 부인 사미연(查媚蓮)이 공손설에게 나긋나긋한 목소리로 말했다.

"요리와 술을 더 가져오라고 시켰느냐?"

"네, 어머니."

사미연이 일어나서 진검룡 등에게 푸근한 미소를 지었다.

"잠시만 앉아계세요. 제가 얼른 가서 술과 요리를 갖고 오겠어요."

그녀는 진검룡 일행을 불청객이 아니라 손님으로 맞이하겠다는 뜻이다.

진검룡은 공손씨 남매에게 포권을 하며 인사했다.

"나는 진검룡이오."

한눈에도 대인의 풍모를 지니고 있는 의젓한 공손창이 궁금한 얼굴로 물었다.

"귀하가 전광신수요?"

"그렇소."

삼남매의 시선이 일제히 민수림에게 향했다.

"그렇다면 이분은 철옥신수겠군요."

민수림은 술이 마시고 싶은 데다 공손창의 말에 대꾸하기 싫어서 탁자에 두 손을 올리고 만지작거렸다.

그러자 준수하기 짝이 없는 외모에 키가 몹시 큰 차남 공손결이 한 손에 새 술잔을, 다른 손에는 술병을 쥐고 민수림에게 내밀었다.

"한잔 드시겠습니까?"

민수림은 공손결을 물끄러미 바라보았다.

"……."

공손결은 여자를 밝히는 사람이 아닌데도 민수림의 치명적인 절대미모에 숨이 콱 막히는 것을 느꼈다.

진검룡은 민수림이 자신을 살짝 바라보자 그녀의 뜻을 알아차리고 공손결에게 손을 내밀었다.

"이리 주시오."

진검룡이 술병을 받아서 향긋한 술을 한 잔 가득 따라주자 민수림은 단숨에 한 잔을 마시고 나서 진검룡을 보며 방그레 미소를 지었다.

목이 콱 메었다가 뻥 뚫렸다는 표정이다. 그녀는 이제 술 귀신이 다 됐다.

공손 삼남매는 그런 민수림을 보면서 눈이 부신 듯한 표정을 지었다.

그러나 조금도 불순하지 않은 그저 극도로 감탄하는 표정일 뿐이다.

진검룡은 민수림에게 술 한 잔을 더 따라주고 나서 두 손을 탁자에 얹어 깍지를 끼고 공손우를 바라보았다.

"내게 할 말이 있어서 오라고 한 것이오?"

공손우는 약간 못마땅한 얼굴로 현수란을 쳐다보았다.

현수란은 공손우가 자신을 탓하는 것 같아서 어깨를 으쓱해 보였다.

"저더러 전광신수를 끌고 오라고 하셨잖아요?"

끌고 오라고 해서 끌고 왔는데 어쩌라는 거냐는 뜻이다.

그녀는 진검룡과 민수림이 옆에 있으니까 더없이 든든하다.

"수란이 너……!"

탁…….

"이렇게 해요."

민수림이 빈 잔을 탁자에 내려놓으며 공손우를 바라보았다.

"명예와 명성은 공손 문주가 가지시고 우리는 항주를 바로 잡겠어요."

처음에 공손가 사람들은 솔직히 말해서 민수림의 말을 전혀 알아듣지 못했다.

천상에서 내려온 선녀인 듯한 그녀가 귀를 멀게 만드는 아름다운 옥음으로 말을 하는 바람에 거기에 취해서 멍한 표정을 짓는 우스운 상황이 벌어진 것이다.

현수란은 공손가 사람들의 그런 모습을 보면서 씁쓸한 미소를 지었다.

현수란은 민수림의 미모에 휘둘리지 않는 사람을 여태껏 한 명도 본 적이 없었다.

하긴 같은 여자인 그녀조차도 민수림을 보면 머릿속이 텅 비어서 아무 생각도 나지 않는데 도대체 누굴 나무라겠는가.

민수림은 이들이 자신의 말을 듣지 않는 것을 알고 씁쓸한 표정을 지었다.

진검룡은 민수림의 말을 듣고 그녀가 무슨 말을 하려는 것인지 짐작했기에 그가 말을 이어갔다.

"우리는 예정대로 항주에서 오룡방과 검황천문을 몰아낼 테니까 공손 문주 당신이 그 결과에 대한 공을 다 가져가라는 것이오."

공손우는 진검룡이 무슨 말을 하는지 이해했으면서도 짐짓 모르는 체했다.

"그게 무슨 뜻인가?"

그때 하녀 두 명이 요리와 술을 갖고 와서 탁자에 차리느라 잠시 대화가 끊어졌다.

"받으시오."

공손창이 진검룡에게 술을 따라주었다.

진검룡은 한 잔 마시고 나서 공손우에게 다시 말했다.

"내 말은 이렇소. 항주는 물론이고 절강 땅 어디라도 검황천문이 발을 들여놓지 못하게 만드는 것은 우리 영웅문이 할 테니까 금성문은 가만히 앉아 있다가 돌아오는 공이나 챙기라는 뜻이오."

진검룡이 두 번씩이나 같은 말을 하자 공손우는 흐뭇한 얼굴로 고개를 끄떡였다.

"자네 말을 해석하자면 공은 내 몫이고 또한 그 계획이 전부 내 명령하에 행해지는 것이라고 세상 사람들이 알게 된다는 뜻인가?"

공손우는 늙은 너구리처럼 교활하게 굴었다.

진검룡은 항주의 태양이라는 존재의 부끄러운 민낯을 보고 실망을 금하지 못했다.

"그렇소."

그렇다고 해도 영웅문 개파와 오룡방 축출이 한창 상승세를 타고 있는 마당에 예상하지 않았던 금성문의 훼방은 큰 걸림돌이 될 것이다.

그래서 민수림도 한발 양보하여 일이 성공리에 끝나면 공을 금성문더러 가져가라고 말한 것이 아닌가.

"그런데 말이야."

공손우가 고개를 모로 꼬았다.

"만약 그 음모가 실패한다면 말이야. 그 책임을 내가 져야 한다는 건가?"

순간 진검룡의 검미가 갈매기처럼 꺾였다. 음모라니, 더구나 공은 게걸스럽게 처먹으려고 하면서도 책임은 추호도 지지 않겠다니, 양보고 나발이고 확 뒤집어엎고 싶다는 생각이 정수리까지 치밀었다.

그걸 알고 현수란이 탁자 아래로 진검룡의 무릎에 손을 얹고 진정하라는 듯 지그시 누르며 공손우에게 말했다.

"우리는 절대로 실패하지 않아요. 하지만 공손 대협께선 그만한 위험 부담도 없이 가만히 앉아서 어마어마한 공을 챙기려고 하셨나요?"

공손우가 현수란을 사납게 쏘아보았다.

"네가 감히……!"

진검룡이 정색으로 공손우를 주시하며 말했다.

"설마 지금 내가 힘이 없어서 당신에게 무조건 양보하는 것처럼 보이는 것이오?"

공손우는 찔끔했다. 반사적으로 조금 전에 진검룡과 민수림이 보여주었던 상승무공이 떠올랐다.

그때 공손창이 가라앉은 목소리로 정중하게 말했다.

"실례지만 지금 무슨 내용의 대화를 하시는 것인지 우리가 알면 안 되겠소?"

그때 요리를 하러 갔던 공손우 부인 사미연이 돌아와서 조용히 자리에 앉았다.

금성문으로 수집되는 거의 모든 정보는 공손우에게만 집중되므로 삼남매는 영웅문의 개파와 오룡방 축출에 대해서 어렴풋하게만 알고 있는 상황이다.

"수란이 설명해 줘."

진검룡의 말에 현수란이 설명을 하려는데 공손우가 발끈하며 제동을 걸었다.

"그만둬라."

민수림이 술잔을 입으로 가져가면서 조용히 말했다.

"우리가 당신에게 손을 대지 않는 이유는 예의 바른 자식들과 현숙한 부인 때문이야. 지금 여기에서 우리가 당신을 핍박한다면 이들의 마음이 무척 아프겠지. 이들이 아니었으면 우린 당신의 고약한 성미를 촌각도 견디지 못하고 손을 썼을 거야. 알아들었으면 조용히 있어."

"……."

공손우는 질린 얼굴로 꿀 먹은 벙어리가 됐다.

천하절색 미인의 아름다운 입술 사이로 흘러나온 말이라고는 믿어지지 않을 만큼 살벌했다.

그런데도 공손우는 자존심이 상했는지 오만상을 쓰며 거칠게 내뱉었다.

"네놈들이 본 문 한복판에 들어와서 감히 그딴 허튼소리를 지껄이다니… 억!"

그러나 그는 말을 하던 중에 목이 조이는 듯한 소리를 내며 눈을 부릅떴다.

스으으……

그러고는 그의 몸이 의자에서 빠져나와 느릿하게 허공으로 둥실 떠올랐다.

부인 사미연과 삼남매는 크게 놀랐다가 진검룡 등이 아무런 행동도 취하지 않고 술잔을 손에 쥔 채 마시고 있거나 술잔을 입으로 가져가고 있는 모습을 보고는 혼비백산했다.

그렇다면 세 사람 중에 누군가 무형지기를 발출하여 공손우를 허공으로 띄워 올렸다는 뜻이다. 그것도 태연하게 다른 행동을 하면서 말이다.

도대체 저렇게 하려면 공력이 얼마나 심후해야 하는지도 알 수가 없다.

사미연과 삼남매가 봤을 때 현수란은 놀라서 눈을 휘둥그렇게 뜨고 공손우를 쳐다보고 있으니까 공손우를 허공에 끌어 올린 사람은 그녀가 아니다.

공손우는 마혈이 제압된 것 같지는 않은데 밧줄에 꽁꽁 묶인 것처럼 버둥거리면서 움직이지 못했다.

그걸 보면 무형의 어마어마한 잠력이 그를 옭아버린 것이 분명하다.

진검룡은 민수림의 빈 잔에 술을 따르며 중얼거렸다.

"아직도 여기가 적진 한복판이라고 생각하는 거요?"

그제야 사람들은 진검룡이 공손우를 허공으로 '띄웠다는 사실을 알게 되었다.

하지만 사실은 민수림이 공손우를 허공에 띄우고 진검룡이 말로 일침을 가하고 있는 것이다.

아직 그 정도의 능력이 없는 진검룡은 장단만 맞춰주고 있는 중이다.

"이… 이놈아! 당장 내려놓지 못하겠느냐?"

공손우는 버럭 소리를 질렀다.

스웃……

"으왓!"

공손우가 밤하늘로 쏜살같이 치솟아 오르며 비명을 질렀다.

노대에서 무려 오 장이나 되는 높이다. 조용하지 않고 버럭 고함을 지른 벌이다.

제 스스로 그렇게 솟구쳤을 리가 없을 테고 그렇다면 비명
을 지르지 않았을 것이다.

민수림이 진검룡 손에서 술병을 받아서 그의 잔에 술을 따
르며 시큰둥하게 말했다.

"검룡, 그냥 저자를 죽이고 가는 게 좋겠어요. 나는 매우
귀찮아요."

민수림은 그럴 마음이 전혀 없으면서도 악역을 자처했
다.

이래야지만 빨리 정리가 될 것이기 때문이다. 문제는 공손
우만 조용하게 만들면 된다.

*   *   *

여기가 아무리 적진 한복판이라고 해도 금성문주를 죽여
버리면 얘기는 끝나는 것이다.

더구나 공손가 삼남매와 모친 사미연이 보기에 진검룡과
민수림은 한 쌍의 호랑이 같았다.

두 사람이 마음만 먹으면 금성문의 오백 제자를 모조리 도
륙하는 것은 그리 어려울 것 같지 않았다. 그러니까 두 사람
은 지금 많이 참고 있는 것이다.

자신을 죽인다는 말에 공손우는 정신이 번쩍 들었다. 그는
이맛살을 찌푸리며 중얼거렸다.

"죽이려면 어서 죽여라! 살 만큼 살았다!"

"조용하시오."

진검룡의 꾸중에 공손우는 입을 다물었고 곧 천천히 아래로 하강하여 의자에 앉혀졌다.

진검룡은 현수란에게 고개를 끄떡였다. 이제 공손우가 조용할 테니까 조금 전에 공손창 삼남매가 궁금하게 여기던 것을 설명해 주라는 뜻이다.

현수란의 설명을 다 듣고 난 삼남매와 사미연은 크게 놀라는 표정을 지었다.

참으로 오랜 세월 동안 항주를 중심으로 인근 이백여 리 일대는 검황천문의 지배를 받아왔다.

그런데 여태껏 단 한 번도 시도된 적이 없었던 검황천문에 대한 항거가 조용히 일어나고 있다.

삼남매와 사미연은 부친이며 남편인 공손우를 원망스럽게 바라보았다. 항주의 정신적 지주라는 금성문이 해야 할 일을 진검룡과 민수림이 하고 있는데 칭찬을 해주지는 못할망정 괴롭히고 있기 때문이다.

하지만 그것도 잠시 삼남매와 사미연은 곧 진지한 표정을 지었다. 그리고 공손창이 말했다.

"항주에서 오룡방과 검황천문을 몰아내는 일은 한 번도 시도된 적이 없었지만 반드시 이루어야만 할 일이오. 대단한 일을 시작했군요."

장남 공손창에 이어서 유생 같은 용모의 공손결이 정중하게 말했다.

"우리가 도울 일이 없겠소?"

공손창은 이십오륙 세, 공손결은 이십이삼 세 정도의 나이로 보이는데 둘 다 의젓하고 진중해서 젊은이답지가 않았다.

진검룡이 공손우를 쳐다보니까 그는 팔짱을 낀 채 코웃음을 치고 있다.

공손창과 공손결이 부친에게 간곡하게 말했다.

"이제야말로 우리가 항주를 위해서 무언가를 해야 할 때입니다. 허락해 주십시오."

"아버지, 이제는 우리가 음지에서 양지로 나가야 할 때입니다. 저희들이 영웅문을 돕도록 허락해 주십시오."

공손우는 어금니를 꾹꾹 씹으면서 침묵을 지켰다.

진검룡은 말없이 지켜보았다. 금성문이 도와주지 않아도 현재 영웅문의 힘만으로 충분히 오룡방을 괴멸시킬 수 있지만 그래도 금성문이 도와주는 쪽이 훨씬 좋다.

그게 바로 명분이기 때문이다.

신생 문파인 영웅문이 대사를 도모하는 것보다는 항주의 정신적 지주인 금성문이 앞장선다면 누가 보더라도 모양새가 좋을 것이다.

진검룡으로서는 밑져야 본전이다. 안 되면 말고 되면 좋은 일이다.

마침내 고대하던 보름날이 됐다.

영웅문은 이미 전모가 멋들어지게 갖추어졌다.

장항천 강가에 위치한 혜림원은 현판만 영웅문이 아닐 뿐이지 알맹이는 이미 영웅문으로 꽉 채워졌다.

그렇지만 혜림원은 이 시각 이후 그 이름도 찬란한 영웅문으로 거듭날 것이다.

지금 혜림원 전문 앞에서 현판식이 거행되고 있는 중이다.

전문 앞에는 진검룡과 민수림, 청랑, 훈용강, 은조, 풍건, 한림, 고범 등이 모여서 전문 위를 주시하고 있다.

전문 양쪽에는 높은 사다리가 놓여 있으며 몇 명의 무사가 큼직한 현판에 못질을 하고 있다.

땅땅땅땅!

마지막 못질이 끝나고 무사들이 사다리에서 내려왔다.

진검룡과 민수림을 위시한 측근들은 고개를 들어 현판을 바라보았다.

현판에는 용사비등한 큼직한 글씨체로 세 글자 '英雄門(영웅문)'이라고 적혀 있었다.

현판을 바라보는 모두의 얼굴에 기쁨과 기대, 환희가 파도처럼 넘실거렸다.

진검룡은 옆에 서 있는 민수림의 손을 가만히 잡았다.

민수림은 현판에 시선을 고정시킨 채 담담한 표정을 지으며 가만히 있었다.

현판을 바라보는 모두의 표정은 비슷하지만 마음은 제각기 조금씩 다를 터이다.

제일 먼저 풍건이 진검룡과 민수림에게 포권을 하며 깊숙이 허리를 굽혔다.

"주군, 축하드립니다."

동천목산에서 시작된 진검룡, 민수림과 풍건의 인연은 참으로 각별하다.

풍건은 검황천문의 명령으로 진검룡을 죽이러 왔다가 도리어 그의 수하가 되었다.

그것 때문에 곤산파가 봉문을 당하고 풍건 자신은 검황천문에 압송되어 뇌옥에 갇혀 온갖 고문을 당하며 죽을 날만 기다리는 신세였는데, 진검룡과 민수림이 그를 구해주었다.

이후 풍건을 비롯하여 그의 결의형제인 한림과 고범이 차례대로 진검룡의 수하가 되어 오늘에 이르고 있으니 감회가 얼마나 새롭겠는가.

진검룡은 풍건의 어깨를 가볍게 두드렸다.

"풍 당주, 이제부터다."

풍건과 그 옆에 서 있는 한림, 고범 세 사람이 포권을 하며
공손히 허리를 굽혔다.

"주군을 모시고 검황천문을 괴멸시키는 그날까지 견마지로
를 다하겠습니다."

훈용강과 은조, 청랑도 포권하며 공손히 읍했다.

"저희 목숨은 주군 것입니다."

이 자리에 이들만 있는 것은 다른 사람 즉, 현수란과
태동화, 부풍림 등은 오룡방의 초대에 응해서 그곳에 갔
기 때문이다.

가지 않아도 되지만 오룡방의 안팎에서 동시에 공격하여
쓸어버린다는 계획이다.

오늘 오룡방에서 재미있는 일이 벌어질 것이다.

이곳 혜림원, 아니, 영웅문 전문 앞은 넓은 대로라서 많은
사람들이 왕래하고 있기 때문에 영웅문에서 현판식을 하는
광경을 모두 구경했다.

장항천을 따라서 뻗어 있는 관도를 오 리쯤 전당강 쪽으로
가다 보면 오룡방이 나오는데, 오래지 않아서 이곳에 영웅문
이 개파했다는 소문이 오룡방에 전해질 터이다.

과연 오룡방이 어떻게 반응을 할지 궁금하다.

영웅문은 정월보름 다음 날 정오에 정식으로 개파할 것이며 하루가 남았다.

오늘 밤 안으로 오룡방과 그들을 추종하는 떨거지들을 죄다 몰살시키거나 항주에서 몰아내고서 다음 날인 내일, 영웅문은 당당하게 개파할 것이다.

한 해가 지나서 이십일 세가 된 진검룡은 회의실에 민수림, 측근들과 함께 탁자 둘레에 앉아서 오늘 오룡방에서 할 일에 대해 최종 점검을 하고 있다.

상석에 진검룡과 민수림이 앉았고 좌우 긴 탁자에 마주 보고 풍건과 훈용강, 한림, 고범, 유려가 앉았으며 청랑과 은조는 진검룡과 민수림 뒤에 서 있다.

곤산파 장문인이었던 풍건은 영웅문에서 외문총관 겸 곤산당주가 되었다.

비록 곤산파에서 데리고 온 수하는 이십오 명뿐이지만 진검룡의 허락하에 당명을 곤산당(崑山堂)이라고 지었다.

또한 풍건이 직접 항주십이소방파에서 뛰어난 무술과 자질을 지닌 백오 명을 엄격하게 선발하여 총 백삼십 명으로 곤산당을 꾸렸다.

풍건은 새로 영입한 백오 명에게 곤산파의 성명무공을 가르쳐서 최정예 곤산고수(崑山高手)로 다듬을 계획이다.

고범은 무진현 대승방에서 전체 수하 이백삼십 명 중에서 무술과 자질이 우수한 수하 백 명만 선발해서 데리고 왔다. 소수정예화 하려는 의도다.

그는 대승방을 해체했으며 떠나보내는 수하들에게 전 재산을 골고루 나누어주었다.

그도 풍건의 곤산당처럼 대승방의 정신을 이어받는다는 뜻으로 당명을 대승당(大乘堂)으로 지었다.

한림은 항주십이소방파 전원 칠백오십여 명 중에 풍건과 유려가 필요한 인원을 선발하고 난 나머지 사백여 명으로 네 개 당과 십이 개 단(壇)을 만들어서 내문사당(內門四堂)이라고 이름 지었다.

훈용강은 한동안 이곳을 떠났다가 열흘 만인 어젯밤에 돌아왔는데 갈 때는 혼자 갔지만 돌아올 때는 백 명의 사파고수들과 함께였다.

천하의 사파는 이십사계로 나뉘는데 훈용강이 통치하고 있는 곳은 복건성(福建省)이다.

절강성 남쪽 접경인 복건성의 사파인은 육만 명 정도이며 수백 개의 방파들이 각 지역마다 존재하는데 삼절사존 훈용강이 그들의 최고 우두머리인 것이다.

훈용강이 데리고 온 백 명의 사파고수는 복건성 사파무림을 지배하고 있는 삼절맹(三絶盟)의 오백 수하 중에서 선발한 일류고수들이다.

삼절맹의 총맹주는 훈용강이며 그는 자신이 없는 동안 삼절맹을 세 명의 맹주들에게 임시로 맡기고 왔다.

진검룡은 훈용강에게도 알아서 당명을 지으라고 했는데 그는 주군에게 피로써 충성을 한다는 뜻에서 '충혈당(忠血堂)'이라고 지었다.

현재 이곳 영웅문에는 세 개 당 곤산당, 대승당, 충혈당의 삼백여 명이 여러 전각에 분산하여 휴식을 취하고 있다.

현수란의 십엽당과 태동화의 연검당, 부풍림의 비웅당, 그리고 금성문의 금성당, 항주십이소방파로 이루어진 내문사당은 현재 오룡방에 있다.

오룡방을 괴멸시키는 데 계획이나 작전 같은 것은 없다. 그다지 어려운 일이 아니기 때문이다.

오룡방을 괴멸시키든지 해체시키든지 어쨌든 완전히 뿌리를 뽑고 난 그다음이 문제다.

검황천문과 항주를 노리는 다른 세력들로부터 항주를 지키는 막중한 과제가 남아 있다.

실내에 있는 사람들 중에서 진검룡과 민수림, 훈용강, 청랑을 제외한 다른 사람들은 머지않아서 치르게 될 오룡방 대공격 때문에 몹시 긴장하고 있는 모습이 역력하다.

진검룡과 민수림은 원래 긴장 같은 것을 하는 성격이 아니고 청랑은 기억을 잃은 데다 대범한 성격이며 훈용강은 아예 태어날 때부터 겁이라는 것 자체가 없었다.

진검룡이 보기에 민수림은 술을 마시고 싶은 기색인데 지금은 참는 것이 좋을 듯했다.

이제 두어 시진만 지나면 오룡방으로 가야 하는데 우두머리인 진검룡과 민수림이 술을 마시는 모습을 수하들에게 보이는 것은 현명한 행동이 아니다.

진검룡과 민수림이 술을 마신다고 해서 싸우는 데 지장이 있는 것은 아니지만 기강이 해이해질까 봐 참고 있다.

진검룡은 고범을 쳐다보며 생각난 듯이 물었다.

"고 당주, 자네 수하 마달이라고 있지 않나?"

진검룡은 무진현 주루에서 술에 만취한 고범을 데리러 온 호위무사 마달에게 강한 인상을 받았었다.

"있습니다."

고범이 자세를 더욱 꼿꼿하게 세우며 절도 있게 대답했다.

"같이 왔나?"

"그렇습니다. 마달은 제 호위무사인데 현재 호위대에 차출되었습니다."

"호오… 호위대에?"

"그렇습니다."

"마달은 어떤 무공을 익혔나?"

"그는 외문무공을 연마하고 있습니다."

민수림이 즉시 진검룡에게 전음을 보냈다.

[외문무공은 공력이 아닌 외적으로 몸을 강하게 단련시키는 무공이에요.]

고범이 조금쯤 자랑하는 표정으로 설명했다.

"마달은 말 그대로 역발산(力拔山)입니다."

[산을 뽑을 정도로 힘이 장사라는 뜻이에요.]

진검룡은 속으로 오룡방 일이 마무리되면 매일 조금씩이라도 틈을 내서 공부를 해야겠다고 마음먹었다.

대화를 하는 상대가 조금만 유식한 말을 하면 알아듣지 못해서 불편하기도 하지만 그보다 더 큰 이유는 민수림 보기가 창피하기 때문이다.

"마달은 어떤 무기를 쓰나?"

"언월도(偃月刀)입니다."

[언월도는⋯⋯.]

"관우가 사용했다는 그 언월도 말인가?"

민수림이 언월도에 대해서 전음으로 설명하려는데 진검룡이 그보다 먼저 의기양양하게 알은체를 했다.

저잣거리에서는 틈만 나면 관우나 장비의 무용담에 대해서 갑론을박 떠들어대기 때문이다.

관우와 장비는 저잣거리에서 언제나 떠들어댈 수 있는 만만한 얘깃거리다.

진검룡은 그 후로도 꽤 오랫동안 풍건과 한림, 고범 등의
긴장을 풀어주려고 우스갯소리를 했다.

영웅문의 어느 이 층 전각.

아래층 넓은 대전에 옥소가 우뚝 서 있고 그 앞에 사십여
명이 질서 있게 모여 서 있다.

이들 정확하게 사십사 명은 영웅문 각 당에서 옥소가 직접
선발한 정예무사들이다.

이들 중에서 고수 소리를 들을 만한 사람은 몇 명 정도이
고 대부분 무사 수준이다.

이들은 호위대로서 오로지 진검룡과 민수림만 호위하는 것
이 임무다.

옥소는 호위대 이름을 '영웅호위대(英雄護衛隊)'라고 지었
다.

그녀는 호위대주로서 네 명의 부대주를 선발했으며 그들을
제일부대주부터 제사부대주로 임명했다.

원래부터 알고 있는 사람들을 부대주로 뽑은 것이 아니라
순전히 실력만으로 선발했다.

즉, 두 시진 동안 사십사 명 전원을 일대일로 겨루게 하여
최종적으로 강자 네 명을 남게 했다.

이후 옥소 자신이 그 네 명과 일대일로 네 번 싸워서 네 명
모두에게 이겼다.

옥소가 그들과 싸운 이유는 자신이 누군가의 추천이나 배려가 아닌 순전히 무공 실력으로 호위대주가 됐다는 사실을 증명하기 위해서다.

第五十五章

영웅문 개파

    제일호위대주는 옥소까지 포함하여 영웅호위대 사십오 명 중에서 두 번째로 고강한 사람인데 연검문주의 제자인 정무웅이 선발됐다.

    정무웅은 옥소와 일대일로 전력을 다하여 치열하게 겨루다가 백여 초 만에 아깝게 분패했다.

    제이부대주는 십엽루의 팔엽이고 제삼부대주는 구엽, 그리고 제사부대주가 의외의 인물인데 다름 아닌 고범의 호위무사인 마달이다.

    정무웅이나 십엽루의 팔엽, 구엽, 십엽이 태동화와 현수란의 추천으로 호위대에 들어온 것처럼 마달도 고범의 추천으로 들어왔다.

그래서 사십오 명이 대가리 터지게 싸운 결과 마달이 전체에서 오 위를 하여 제사부대주 자리를 꿰찬 것이다.

말하자면 영웅호위대 사십오 명은 일 위부터 사십오 위까지 서열이 딱 정해졌다.

그것이 영웅호위대주인 옥소의 방침이다. 사십오 위는 사십사 위에게 함부로 하지 못하고 그 대신 위의 서열은 아래 서열을 자신의 목숨처럼 챙겨야 한다는 것이다.

옥소는 냉정한 표정으로 사십사 명을 둘러보고 나서 나직하게 말했다.

"부대주들은 앞으로 나와라."

정무웅과 팔엽 당하(唐荷), 구엽 상금(湘錦), 마달이 재빨리 앞에 나와서 자신의 부대 앞에 섰다.

영웅호위대는 네 개의 부대(副隊)로 이루어졌으며 한 개의 부대에 부대주를 비롯하여 열한 명씩이다.

네 명의 부대주를 비롯한 사십사 명은 꼿꼿한 자세로 옥소를 주시하면서 그녀의 다음 명령을 기다렸다.

그렇지만 잠시가 지나도록 옥소는 아무 말 없이 정면만 주시하고 있을 뿐이다.

그러나 옥소가 별다른 명령이 없으므로 호위대 전원은 침묵 속에 서 있을 수밖에 없다.

척!

그때 서 있는 옥소 오른쪽의 문이 열리자 영웅호위대 전원의 시선이 그쪽으로 집중됐다.

열린 문으로 먼저 청랑이 들어서더니 곧이어 민수림과 진검룡이 들어오는 것을 보고 호위대 전원은 크게 놀라면서 동시에 바짝 긴장했다.

설마 문주와 태상문주가 여기에 올 것이라고는 전혀 예상하지 못했기 때문이다.

진검룡과 민수림이 영웅호위대를 마주 보고 나란히 서자 뒤로 두 걸음 물러난 옥소가 나직하고 짧게 외쳤다.

"주군께 경례!"

옥소와 네 명의 부대주, 그리고 사십 명의 호위대는 진검룡과 민수림을 향해 포권을 하고 허리를 굽혔다.

"주군을 뵈옵니다!"

진검룡은 흐뭇한 얼굴로 영웅호위대를 천천히 둘러보고 나서 말문을 열었다.

"옥소, 호위대를 선발한 기준이 무엇이냐?"

옥소가 공손히 대답했다.

"강함입니다. 영웅문 내에서 간부를 제외하고 가장 강한 자들만 뽑았습니다."

진검룡은 팔짱을 끼고 고개를 주억거렸다.

"사실 우리 두 사람은 호위대가 필요하지 않다."

그의 뜻밖의 말에 옥소를 비롯한 영웅호위대 사십오 명의 안색이 크게 변했다.

이들은 영웅문 내에서 최고 핵심이라고 할 수 있는 영웅호위대에 뽑힌 것을 크게 자랑스럽게 생각하고 있었다.

그런데 문주로부터 호위대가 필요하지 않다는 말을 들었으니 충격이 클 수밖에 없다.

옥소가 조심스럽게 물었다.

"무슨 말씀이십니까?"

진검룡은 옥소와 호위대를 느긋하게 쓸어 보았다.

"너희들 모두가 한꺼번에 덤빈다고 해도 나를 이길 수 있을 것 같으냐?"

옥소와 호위대는 진검룡이 단 이초식에 검천사자를 제압했다는 소문을 들었기에 아무 말도 하지 못했다.

그의 말을 액면 그대로 믿을 수밖에 없기 때문이다. 영웅호위대 사십오 명 전원이 합공을 해도 검천사자를 이길지 어떨지 자신이 없는데 하물며 검천사자를 이초식에 제압한 진검룡을 어떻게 이긴다는 말인가.

진검룡은 뒷짐을 지고 영웅호위대 앞을 천천히 좌우로 오락가락 걸었다.

"그래서 나는 너희들을 다른 용도로 쓸 생각이다."

기대감이 땅에 떨어졌던 사십오 명은 눈을 반짝거리면서 진검룡을 주시했다.

"너희들을 영웅문의 특별한 조직으로 만들겠다. 그러니까 그것은……."

그때 민수림이 진검룡에게 전음을 보냈다.

[최정예 혹은 최고수라고 해요.]

"너희들을 최정예로 만들겠다는 얘기다."

"아……."

"오……."

영웅호위대 속에서 몇 마디 탄성이 흘러나왔다.

특히 옥소와 정무웅, 당하, 상금, 마달 다섯 명은 매우 흥분하여 가슴이 두근거렸다.

진검룡은 민수림을 가리키며 말했다.

"태상문주께서 너희들에게 절학을 가르쳐 주실 것이다."

진검룡이 사전에 한마디 상의도 하지 않고 이런 말을 하고 있지만 민수림은 조금도 놀라지 않고 그의 계획에 제동을 걸지도 않았다.

무공이 아니고 절학이라는 말에 모두 침을 꿀꺽 삼켰다.

다들 무슨 절학인지 궁금하지만 감히 묻지 못하는데 그래도 평소 가끔 만나서 친분이 있는 정무웅이 조심스러운 얼굴로 물었다.

"주군, 무슨 절학입니까?"

"어… 그거야 태상문주께 물어봐야지."

정무웅이 공손히 민수림에게 물었다.

"주모(主母), 무슨 절학입니까?"

원래 주군의 부인을 '주모'라고 하는데 정무웅이 민수림을 그렇게 부르자 그녀는 얼굴이 붉어졌지만 정무웅을 뭐라고 꾸짖지 않았다.

진검룡은 그 호칭을 듣고 입이 벌어져서 헤벌쭉 웃었다.

민수림은 예의 상냥하고 아름다운 목소리로 말했다.

"소림사의 백보신권과 무당파의 태청검법를 기본으로 가르치고 대주와 부대주 네 명에게는 따로 좀 더 상승의 절학을 가르치겠어요."

옥소와 네 명의 부대주를 비롯한 사십오 명은 경악해서 입을 커다랗게 벌릴 뿐 아무 말도 하지 못했다.

이번에도 정무웅이 믿어지지 않는다는 듯한 표정을 지으며 물었다.

"저… 정말 소림사의 백보신권과 무당파의 태청검법을 가르쳐 주실 겁니까?"

민수림은 고개를 끄떡였다.

"그래요."

백보신권과 태청검법은 각각 소림사와 무당파의 성명절학이라서 외부인은 절대로 배울 수가 없다는 사실을 무림인이라면 다 알고 있다.

그런데 그것을 민수림이 가르쳐 주겠다고 태연하게 말하는데 어찌 놀라지 않겠는가.

이번에는 옥소가 조심스럽게 말했다.

"주모, 외람되오나 저희들에게 그 철학을 한번 견식시켜 주실 수 있으십니까?"

"그렇게 하죠."

그런데 민수림은 태연하게 고개를 끄떡이고는 걸음을 옮겨 대전 입구로 향했다.

모두들 극도로 궁금하고 또 흥미진진한 표정으로 민수림을 따라갔다.

진검룡은 잠시 후에 그들 모두가 까무러칠 것이라 예상하고는 흐뭇한 미소를 지으며 뒤따랐다.

일행은 전각 앞 넓은 마당에 모여 섰다.

그곳은 그냥 넓기만 한 마당이라서 표적으로 삼을 만한 마땅한 것이 주위에 없었다.

"저거 어떤가요?"

민수림이 정면을 바라보면서 말하자 사람들은 어리둥절한 표정을 지었다.

민수림 정면에는 휑하고 넓은 마당만 있을 뿐이지 표적으로 삼을 만한 게 아무것도 없기 때문이다.

민수림 옆에 나란히 선 진검룡이 마당 너머에 늘어선 나무들을 가리켰다.

"저 나무들을 가리키는 겁니까?"

"나무들 사이 앞쪽에 있는 바위예요."

두 사람의 대화를 들은 옥소를 비롯한 영웅호위대 전원은 어리둥절해하고 말았다.

마당 너머에는 아담한 인공 숲이 있고 앞쪽의 나무들 사이에 사람 키 높이 정도의 둥그런 바위가 하나 놓여 있는데 민수림이 그걸 가리켰기 때문이다.

백보신권이나 태청검법을 보여주겠다면서 밖으로 나온 민수림이 어째서 마당 너머의 바위를 가리키는 것인지 모르지만 한 가지만은 분명했다.

그녀가 절대로 그 바위를 표적으로 삼지는 않을 것이라는 사실이다.

그녀가 서 있는 곳에서 바위까지는 삼십 장이 훨씬 넘는 거리로 백보신권에서 말하는 백보가 아니라 족히 백오십보 이상 될 텐데 민수림의 정신이 어떻게 되지 않고는 그 정도 거리의 바위를 표적으로 삼지는 않을 것이다.

그때 진검룡이 바위를 가리키면서 모두에게 말했다.

"태상문주께서 저 바위를 표적으로 삼았다. 모두들 눈 똑바로 뜨고 잘 봐라."

그의 말에 다들 어리둥절한 표정을 지을 뿐이지 그 말을 믿지 않았다.

사람이 신이 아닌 이상 어떻게 삼십여 장 거리의 표적을 맨손으로 맞힐 수 있다는 말인가.

그런데 그때 민수림이 천천히 오른손을 들더니 팔꿈치를 뒤로 당겼다.

그걸 보고 사람들은 설마 정말로 맨손으로 바위를 맞힌다는 말인가 하는 표정을 지었다.

사람들은 양쪽에 길게 늘어서 있는데 한순간 민수림이 정면을 향해 오른손을 쭉 뻗는 것을 보았다.

후우웅!

그와 동시에 허공을 은은하게 떨어 울리는 묵직한 파공음이 흘러나왔다.

쩌엉!

그리고 다음 순간 사람들은 한겨울에 호수가 꽁꽁 얼어붙을 때 나는 맑은 소리를 들었다.

"말도 안 돼……."

"어떻게 저런……."

뚫어지게 바위를 주시하는 옥소와 정무웅은 턱이 빠질 것처럼 크게 벌어진 입으로 중얼거렸다.

옥소와 정무웅은 삼십 장이 훨씬 넘는 거리에 있는 바위에 어느 순간 하나의 손바닥 자국이 깊숙하게 새겨진 것을 똑똑히 보았다.

설마 하는 마음으로 지켜보고 있는데 바위에서 쩡! 하는 소리가 나면서 돌가루가 확 뿜어지더니 손바닥 자국이 반 뼘 정도 깊이로 뚜렷하게 찍힌 것이다.

'말도 안 돼. 어떻게 저게 가능한 것인가……?'

타앗!

옥소와 정무웅, 마달이 가장 먼저 바위를 향해 마당을 가로질러 전력으로 달려가고 다른 사람들이 우르르 그 뒤를 따라 달려갔다.

옥소를 비롯한 사십오 명의 영웅호위대 사람들은 경악하는 표정으로 바위 앞에 서서 쳐다보았다.

거무튀튀한 색의 바위 허리 높이에 다섯 치 깊이의 손바닥 자국이 너무도 선명하게 찍혀 있었다.

정무웅은 저 멀리 전각 앞에 나란히 서 있는 진검룡과 민수림을 바라보며 중얼거렸다.

"혹시 저분들은 신이 아니신가……?"

진검룡이 오룡방으로 가기 일각쯤 전에 개방 항주분타주가 영웅문에 찾아왔다.

영웅문은 전문 위에 현판만 달았을 뿐이지 아직 정식으로 개파를 하지 않았기 때문에 전문 앞에 호문무사도 세워두지 않은 상황이다.

탕탕탕!

항주분타주 창화개(槍花丐)가 전문을 두드리자 그 즉시 전문이 열렸다.

그긍!

"누구시오?"

전문 안쪽에 서 있던 다섯 명의 호문무사 중 한 명이 묻자 창화개는 안쪽의 으리으리한 전각군들을 둘러보면서 서두르 듯 대답했다.

"청랑이라는 여자분을 찾아왔소. 이곳에 오면 만날 수 있다 고 하던데……."

호문무사들은 청랑이 누군지 모른다. 호문무사가 된 지 며 칠밖에 되지 않아서 아직 파악을 다 하지 못했다.

"그 사람이 누구요?"

"여자인데 십오 세 정도에 키가 크고 예쁘며 무공이 매우 고강하고 성격이 급하오."

청랑의 실제 나이는 새해가 돼서 이십 세가 됐지만 겉으로 는 겨우 십오 세 정도로 보인다.

하루 종일 진검룡과 민수림 옆에 그림자처럼 붙어 있는 청 랑을 이런 식으로 설명해서는 찾을 수가 없다.

"그런데 귀하는 누구시오?"

"나는 개방 항주분타주 창화개요. 한시가 급하오. 어서 청 랑이라는 여자분을 불러주시오."

"기다리시오."

호문무사의 조장이 한 명의 호문무사에게 들어가서 보고하 라고 지시하자 그는 안을 향해 걸어갔다.

속이 타는 창화개는 걸어가는 호문무사에게 소리쳤다.

"뛰어가시오! 만약 내가 청랑이라는 여자분에게 중요한 사실을 알리지 못해서 큰일이 터지면 당신들이 책임을 져야 할 것이오!"

그 말에 호문무사가 안으로 냅다 달리기 시작했다.

*　　　　*　　　　*

그런데 청랑을 찾으러 간 호문무사가 늦어도 너무 늦다. 아무리 기다려도 나올 생각을 하지 않았다.

창화개는 똥줄이 탔다. 그가 청랑에게 전하려고 하는 정보는 매우 중요한 것이라서 아무에게나 말할 수가 없을뿐더러 촌각을 다툰다.

그런데 청랑을 찾으러 간 호문무사는 오지 않고 예상하지 않았던 한 무리의 사람들이 안에서 전문을 향해서 우르르 몰려나오고 있다.

호문무사 조장이 그들 무리를 보더니 갑자기 크게 놀라며 급히 호문무사들에게 속삭였다.

"문주께서 나오신다. 모두 정렬하라."

호문무사 네 명이 좌우로 두 명씩 벌려 서는데 안쪽에서 몰려나오고 있는 무리의 선두를 보던 창화개의 표정이 급변하여 속으로 외쳤다.

'쌍신수!'

명색이 개방 항주분타주인 그가 오늘 이곳에서 영웅문 현판식을 했다는 것과 영웅문 문주와 태상문주가 전광신수와 철옥신수 즉, 쌍신수라는 사실을 모를 리가 없다.

그런데 창화개는 이쪽으로 걸어오고 있는 무리 중에서 자신이 찾아온 청랑이 전광신수 뒤에 따라오고 있는 것을 발견하고 즉시 달려 나가며 소리쳤다.

"청랑 소저! 접니다!"

"엇?"

"잡아라!"

호문무사들이 화들짝 놀라서 창화개를 잡으러 부리나케 뒤쫓아 갔다.

청랑은 전문에서 이쪽으로 달려오는 거지가 창화개라는 사실을 알아보고 진검룡에게 말했다.

"주인님, 개방 항주분타주예요."

"그래?"

청랑은 손을 뻗으며 창화개를 멈추게 했다.

"멈춰라!"

"소저! 중요한 일입니다!"

창화개가 다급하게 외치며 멈추자 청랑이 진검룡에게 공손히 말했다.

"주인님, 제가 저자에게 오룡방을 잘 감시하고 있으라고 명령했어요. 그래서 오룡방에 대해서 뭔가 보고할 게 있는 것 같아요."

진검룡은 일전에 청랑이 개방 항주분타주 창화개를 크게 혼내주고는 자신의 수하로 삼았다는 말을 들었다.

창화개는 청랑이 누군지는 몰랐지만 영웅문 사람이라는 것은 알고 있었다.

그런데 설마 청랑이 영웅문주를 주인님이라고 부를 줄은 짐작조차 하지 못했다.

청랑이 앞으로 나서서 창화개에게 냉랭하게 물었다.

"무슨 일이냐?"

창화개는 민수림의 절색 미모에 넋이 팔려서 청랑의 말을 듣지 못했다가 그녀의 불호령을 들었다.

"이놈! 죽고 싶은 게냐?"

"앗!"

화들짝 놀란 창화개는 청랑에게 치도곤을 당할까 봐 급히 말을 꺼냈다.

"오늘 정오 무렵에 검황천문 고수 다수가 오룡방에 도착했습니다."

청랑이 날카롭게 물었다.

"어떤 자들이냐?"

"탈혼사들입니다."

창화개는 단언하듯이 대답했다.

"검황천문 탈혼부의 탈혼사라는 말이야?"

"그렇습니다."

"네가 그걸 어떻게 알지?"

"인간에게서 지옥의 기운이 풍긴다는 것은 검황천문의 탈혼사가 분명합니다."

"지옥의 기운?"

청랑이 눈살을 찌푸리는데 진검룡이 고개를 끄떡였다.

"그자들은 탈혼사가 맞을 것이다."

진검룡은 지난번에 풍건을 구하려고 남경으로 가다가 탈혼사들에게 제압되어 압송을 당하고 있던 훈용강을 구하는 과정에서 탈혼사들을 상대했었기에 그들이 내뿜는 묘한 기운을 잘 알고 있었다.

그때는 그게 무슨 기운인지 잘 몰랐었는데 지금 창화개의 말을 듣고 보니까 지옥의 기운인 것 같았다. 누가 지었는지 '지옥의 기운'이라고 잘 지었다.

이번에는 진검룡이 창화개에게 직접 물었다.

"탈혼사가 몇 명이나 왔던가?"

그러나 창화개는 대답하지 않고 멀뚱거렸다.

그걸 보고 청랑이 물었다.

"탈혼사가 몇 명이 왔느냐?"

그러자 창화개는 공손히 대답했다.

"이 개 분부가 왔습니다."

창화개는 자신이 청랑에게나 고분고분하지 아무에게나 그러는 것이 아니라는 뜻에서 진검룡의 물음을 무시했다. 하지만 진검룡은 개의치 않았다.

그 정도에 기분이 나빴다면 이미 오래전에 속이 터져서 죽었을 것이다.

뒤에 서 있는 풍건이 공손히 말했다.

"탈혼부 하나의 분부는 여섯 개 조 삼십 명입니다."

그렇다면 탈혼부 두 개 분부니까 탈혼사 육십 명을 보냈다는 뜻이다.

진검룡은 고개를 끄떡였다.

"검황천문이 연검문에서 검천사자 한 명과 고수 삼십 명이 당했다는 보고를 받은 것 같군."

그는 전문으로 걸어가며 툴툴 웃었다.

"겨우 탈혼부 이 개 분부를 보내다니 검황천문에서 이곳 상황을 제대로 알지 못하는 모양이로군. 그들이 다 죽어야지만 정신을 차리려나?"

검황천문은 삼절사존 훈용강을 제압하려고 탈혼부 일 개 분부를 보냈다가 이십여 명이나 잃고서야 겨우 그를 제압해서 압송할 수 있었다.

그런데 비웅보와 오룡방을 일패도지시켜서 명성이나 체면을 바닥에 끌어내린 데다, 검천사자와 검황천문 고수 삼십 명을 모조리 제압하여 무공을 폐지했으며, 삼절사존까지 구해간 쌍신수를 상대하라고 고작 탈혼부 이 개 분부를 보내다니 어이가 없는 일이다.

진검룡은 전문을 나가면서 훈용강을 슬쩍 돌아보며 어이없는 듯 중얼거렸다.

　"널 구한 게 나라는 걸 검황천문에서 모르는 건가?"

　"그럴 리가 없습니다. 위용이라는 사내는 결코 호락호락한 자가 아닙니다."

　진검룡은 즉시 한 사내를 떠올렸다. 훈용강을 구할 때 그가 탈혼사들 우두머리에게 누구냐고 물으니까 우두머리가 자신의 이름이 위용이라고 밝혔었다.

　진검룡은 위용이 비록 검황천문의 탈혼부 휘하 일개 분부주 신분이지만 올곧은 성격과 타협을 모르는 강직함 때문에 그 사내가 마음에 들었었다.

　진검룡이 훈용강을 보고 말할 때 창화개는 날카롭게 훈용강을 살펴보다가 한순간 깜짝 놀랐다.

　'삼절사존!'

　개방 항주분타주인 창화개가 복건성 사파무림의 지존인 삼절사존을 모를 리가 없다.

　창화개가 가만히 보니까 삼절사존이 전광신수 뒤에서 측근 수하처럼 따르고 있지 않은가.

　'이런 맙소사……!'

　창화개는 몇 번이나 눈을 비비고 다시 봤지만 삼절사존이 분명하다는 사실을 확인하고는 머리에서 쥐가 나는 것 같은 충격을 받았다.

대저 삼절사존이 어떤 존재인가. 복건성 사파무림의 최고지존이 아닌가.

사파도 사파 나름이다. 삼절사존 정도 되는 인물이라면 무림에서도 웬만큼 알아주는 고수다.

항주의 오룡방주나 금성문주 정도는 찜을 쪄 먹고도 남을 쟁쟁한 고수라는 뜻이다.

그런 삼절사존이 전광신수의 수하라니 창화개는 눈으로 보고서도 믿어지지가 않았다.

그러고 보니까 삼절사존이 검황천문 탈혼부 제팔분주 삼십 명과 싸우다가 그중 이십여 명을 죽이고 만신창이가 된 몸으로 남경 검황천문에 압송되던 도중에 누군가에 의해서 구출됐다는 보고를 들은 적이 있었다.

'삼절사존을 구한 게 전광신수였다니⋯⋯.'

창화개는 고개를 절레절레 젓다가 무심결에 시선이 문득 청랑에게 향했다. 그는 얼마 전에 청랑에게 깝죽거리다가 반죽음을 당해서 죽다가 살아났으며 그 일로 인해서 그녀의 수하가 됐다.

그때 그는 청랑의 무시무시한 무공을 직접 경험하고는 입에 거품을 물 정도로 놀랐었는데 그녀는 물론이고 삼절사존까지 전광신수의 수하였던 것이다.

창화개는 청랑에게서 시선을 거두려다가 그녀 옆에서 성큼성큼 걷고 있는 두 사람을 발견하고는 어디선가 낯이 익어 고개를 갸우뚱했다.

'누구더라?'

창화개가 너무 노골적으로 자신들을 쳐다보자 풍건과 고범은 그를 향해 빙그레 미소를 지어 보였다.

그 순간 창화개의 머릿속이 환하게 밝아졌다.

'맙소사! 저 두 사람은 강소성의 곤산기검과 용장일도(龍將一刀)가 아닌가?'

풍건의 별호는 곤산기검이고 고범은 용장일도인데 창화개가 두 사람을 알아보았다.

창화개가 눈을 껌뻑거리면서 쳐다보니까 풍건과 고범도 수하처럼 진검룡 뒤를 따르고 있지 않은가.

'으으… 돌아버리겠다, 정말……!'

삼절사존과 청랑에 이어서 강소성 남쪽 오산파 중에 곤산파 장문인 풍건과 무진현의 패자인 대승방의 방주 고범마저 진검룡의 수하라니 이제는 놀라움을 넘어서 불신을 해야 할 지경에 이르렀다.

전문을 나갈 때 민수림이 청랑에게 전음으로 무엇인가 명령을 하자 청랑은 곧 창화개에게 명령했다.

"검황천문에서 그들 탈혼부 이 개 분부 외에 다른 자들을 더 보냈는지 자세히 알아봐라."

민수림이 청랑에게 지시한 내용인데 창화개는 얼이 빠져 있어서 청랑의 말을 듣지 못했다.

"이놈아!"

"네… 넷!"

청랑이 낮게 호통치자 창화개는 화들짝 놀랐다.

"검황천문에서 그들 탈혼부 이 개 분부 외에 다른 자들을 더 보냈는지 자세히 알아보라는 말이다."

창화개는 땀을 흘렸다.

"아… 알았습니다."

"한 시진 내로 알아봐야 한다."

창화개는 의아한 표정을 지었다.

"한 시진이면 너무 촉박합니다."

"못 한다는 것이냐?"

청랑이 당장에라도 죽일 듯이 험상궂은 표정을 짓자 창화개가 찔끔했다.

"왜 그래야 합니까?"

전문을 나선 진검룡은 오른쪽 장항천 하류 쪽 관도로 꺾어져 걸어가면서 태연하게 말했다.

"이따가 한 시진쯤 후에 우리가 오룡방을 공격해서 괴멸시킬 것이다."

"……"

창화개는 뒤따라가던 걸음을 멈추더니 어이없다는 듯한 표정을 지었다.

잠시 후에 그는 정신을 수습하고는 급히 진검룡과 청랑을 뒤따라가며 물었다.

"정말입니까?"

진검룡은 뒤돌아보지 않고 짧게 대답했다.

"그렇다."

"음… 그렇군요."

창화개는 명색이 개방 항주분타주이므로 항주 내외부에서 벌어지는 모든 일들을 거의 대부분 다 알고 있다.

수많은 정보들 중에서 최종적으로 그가 중요한 것과 중요하지 않은 것들을 분류하고 정리를 해서 북경 개방총타에 보고를 하고 거기에 따른 지시를 받기 때문에 그가 모르는 정보란 있을 수가 없다.

그렇기 때문에 그는 지난 보름 동안 항주에서 벌어진, 그리고 지금도 벌어지고 있는 일에 대해서 자세히 알고 있다.

그것들 중에서 가장 큰 것은 쌍신수가 항주 남문 밖 장항천 강가 혜림원에 둥지를 틀었다는 사실이었다.

그리고 그곳에 항주를 쥐락펴락하는 굵직한 거물들이 부리나케 들락거리고 있다는 정보도 들었다.

혜림원은 십엽루 소유의 장원이다. 거기에 쌍신수가 둥지를 틀었으며 십엽루주인 혈옥엽 현수란과 연검문주 태동화가 뻔질나게 드나들고, 심지어 비응보의 새로운 보주인 부풍림까지 드나든다는 것은 조만간 혜림원에서 심상치 않은 사건이 벌어지리라는 것을 예상하게 만들었다.

그런데 몇 시진 전에 개방 항주분타 제자가 부랴부랴 갖고 온 급보에 의하면 혜림원 전문 현판이 '영웅문'으로 바뀌었으며 그 자리에 쌍신수가 있었다는 것이다.

그 보고를 접하고 창화개는 쌍신수가 드디어 혜림원에 영웅문을 개파한 것이라고 생각했다.

그러고는 탈혼사 이 개 분부가 오룡방에 도착했다는 사실을 청랑에게 알리려고 한달음에 달려왔다가 난데없이 쌍신수가 오룡방을 괴멸시키려 한다는 말을 듣게 된 것이다.

창화개는 쌍신수 중에 전광신수가 영웅문주일 것이라고 짐작했다.

또한 쌍신수가 처음부터 비웅보와 오룡보에 차례로 찾아가서 한바탕 뒤집어놓았던 이유가 결국은 오늘을 위한 포석이었을 것이라고 생각했다.

창화개는 진검룡을 바짝 뒤따르면서 물었다.

"오룡방을 괴멸시키려는 이유가 뭡니까?"

개방 항주분타주 정도의 신분이라면 항주양대방파인 오룡방과 금성문은 물론이고 항주오대중방파도 무시하지 못한다.

그런데 어찌 된 일인지 창화개는 오늘 낮에 개파한 영웅문의 문주 전광신수는커녕 그의 종인 청랑에게조차 전전긍긍하는 신세다.

키가 큰 진검룡은 관도를 성큼성큼 걸어가면서 대답했다.

"나는 항주가 고향이나 다름이 없어. 내 고향이 외지 놈들에 의해서 좌지우지되는 게 싫어. 그래서 검황천문을 쫓아내려는 거야. 그게 다야."

"검황천문이 무섭지 않습니까?"

창화개가 진검룡을 만나는 것은 지금이 처음이고 진검룡이 만나자마자 거침없이 하대를 하는데도, 그는 추호도 이상하지 않았으며 거부감이 들지 않았다.

"무섭기는 뭐가 무서워?"

第五十六章

검천태제(劍天太弟)

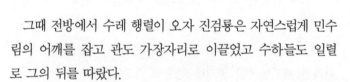

　그때 전방에서 수레 행렬이 오자 진검룡은 자연스럽게 민수림의 어깨를 잡고 관도 가장자리로 이끌었고 수하들도 일렬로 그의 뒤를 따랐다.

　창화개는 전광신수가 검황천문 검천사자 한 명과 삼십 명의 고수들 무공을 폐지해서 곱게 돌려보냈다는 보고를 듣고 그가 어째서 그런 일을 했을까에 대해서 곰곰이 생각했으며 그래서 한 가지 결론을 얻었다.

　전광신수가 항주를 자신의 수중에 넣으려는 시커먼 야심을 품고 있는 것이라고 결론을 지었는데 이제 보니까 그게 맞아떨어졌다.

창화개가 봤을 때 진검룡이 자신의 고향인 항주가 외지 놈들에게 좌지우지되는 것이 싫다는 등 어쩌고 하는 것은 다 핑계인 것 같다.

누구나 처음에는 다 그렇게 말하는데 결국에는 제 실속을 차리는 것으로 끝맺는다.

솔직히 창화개는 누가 항주의 주인이 되든지 상관없고 상관하고 싶지도 않다.

그나저나 창화개는 오룡방에 검황천문 탈혼부 이 개 분부말고 다른 자들이 왔는지에 대해서 한 시진 안에 알아내는 것은 자신이 없다.

"솔직히 말하면 한 시진 안에 알아낼 자신이 없습니다. 오룡방을 공격하실 거라면 내가 알아낸 이후로 미루는 게 어떻겠습니까?"

거사를 치를 때 특히 지금처럼 어떤 방과 그것도 한 지역의 패자인 제일방파를 공격할 경우에 가장 문제가 되고 걸림돌이 되는 것이 바로 예상하지 못한 변수다.

상대에 대해서 다 알고 있으면 대비를 할 수 있지만 변수는 절대로 대비를 할 수가 없다.

그래서 변수라고 하는 것이다. 그러므로 공격이든 방어든 싸움이든 최대 관건은 변수라고 할 수 있다.

창화개는 자신이 그렇게 말하면 진검룡이 오룡방 공격을 늦추거나 매우 심각한 얼굴로 다른 방법을 강구할 것이라고 예상했다.

그런데 진검룡의 입에서 창화개로서는 전혀 예상하지 못했던 대답이 나왔다.

"그러지 않아도 된다."

"검황천문에서 탈혼사들 말고 또 다른 고수들이 들어와 있다면 그 변수 때문에 오룡방 공격이 실패할지도 모릅니다. 아니, 그럴 가능성이 큽니다."

창화개는 자신도 모르는 사이에 진검룡이 오룡방을 공격해서 괴멸시키는 일에 대해서 지대한 관심을 갖게 되었다.

그러면서 은연중에 그의 편을 들고 있는데 그 자신은 그 사실을 깨닫지 못하고 있다.

창화개는 진검룡의 다음 말 때문에 입을 닫고 말았다.

"검황천문에서 어떤 고수가 오더라도 오늘 우리 영웅문은 오룡방을 괴멸시킬 것이다."

창화개는 진검룡이 허풍을 떤다는 생각을 하지 않았다. 그의 능력을 보면 오룡방 정도는 괴멸시킬 수 있을 것 같다. 그러나 문제는 그다음이다. 검황천문의 보복을 어떻게 감당할 것이냐가 관건이다.

창화개가 떠나기 전에 진검룡이 불쑥 물었다.

"이름이 뭐냐?"

"창화개입니다."

"너는 어느 편에 서겠느냐?"

다짜고짜 물었지만 창화개는 그 말이 무슨 뜻이냐고 되물을 정도로 바보가 아니다.

창화개의 얼굴에 긴장이 흘렀다.

"어떤 것을 선택할 수 있습니까?"

"내 편에 서는 것과 내 편에 서지 않는 것 둘 중에서 하나를 선택하면 된다."

진검룡의 말은 명확했다. 내 편과 적 둘밖에 없으니까 둘 중에서 고르라는 뜻이다.

창화개는 오늘 진검룡을 처음 봤으며 만난 지 일각 남짓밖에 지나지 않았지만 그에게서 엄청난 기도, 아니, 그 이상의 것을 느꼈다.

한마디로 진검룡이 장차 굉장한 인물이 될 것이라는 예감이 들었다.

지금 창화개가 선택의 기로에 놓인 것처럼 진검룡은 장차 한 마리 창룡이 되어 천하를 호령하거나 아니면 이무기가 되었다가 허무한 결말을 맞게 될 터이다. 최소한 창화개가 봤을 땐 그랬다.

그가 창룡이 될 것인지 이무기가 될 것인지를 결정하는 것은 창화개가 아니라 운명이다.

창화개는 지금 당장 결정하지 않아도 진검룡이 자신을 해치지는 않을 것이라고 짐작했다. 그렇게 쪼잔한 인물이 아닐 것이라고 생각했다.

만약 그 정도 인물이라면 창화개가 점수를 많이 주지도 않았을 것이다.

그러나 한 가지는 분명하다. 진검룡의 편에 서지 않으면 나중에 보복은 당하지 않을지 모르지만 이득을 분배해 주진 않을 것이라는 사실이다.

창화개는 진지한 표정을 지었다.

"개방을 탈퇴해야 합니까?"

"그럴 필요는 없다."

"그렇다면 당신 편이 되겠습니다."

창화개는 생각할 것도 없다는 듯 대답했다.

진검룡은 이런 대화를 하면서 한 번도 창화개를 돌아보지 않더니 고개를 끄떡였다.

"됐다. 가봐라."

"당신을 어떻게 만나면 됩니까?"

"나는 앞으로 두 시진 정도는 오룡방에 있을 것이다."

두 시진 안에 오룡방을 괴멸시킬 것이라는 뜻이다.

"알겠습니다."

창화개는 뒤에서 포권을 하고 항주를 향해 달려갔다.

진검룡 일행은 걸어서 이각쯤 걸리는 거리에 위치한 오룡방 전문 앞에 이르렀다.

오룡방의 거대한 전문은 양쪽으로 활짝 열려 있고 전문 안

퓨으로 이십여 명의 호문무사들이 어깨에 메거나 허리에 찬 도검을 번쩍이면서 지키고 서 있었다.

오룡방 전문은 아침에 열었다가 저녁이면 닫는데 하루 종일 끊임없이 사람들이 드나든다.

항주제일방파이며 규모가 크다 보니까 별별 사람들이 왕래하므로 늘 문전성시를 이룬다.

오늘 정월대보름은 오룡방이 항주 인근의 내로라하는 문파와 방파들을 모두 초대하여 자신들의 위세가 죽지 않았음을 만방에 알리는 동시에 새로 등극하는 방주의 취임식을 겸하고 있다.

얼마나 굉장한 잔치 분위기면 전문 밖까지도 구수하고 향긋한 요리 냄새가 진동하고 있었다.

오룡방은 금성문과 항주오대중방파, 십이소방파만 초대한 것이 아니라 항주에서 하품 좀 하고 방귀깨나 뀐다는 가문에다가 개인들까지 거의 다 초대를 했는데 그 수가 무려 오백여 명에 이른다고 한다.

진검룡 일행이 오룡방 전문 앞에 이르렀을 때에도 많은 사람들이 줄지어서 전문 안으로 들어가고 있었다.

그렇다고 해서 아무나 자유롭게 전문 안으로 들어갈 수 있는 것이 아니다.

전문 밖 양쪽에서는 십여 명의 호문무사들이 매의 눈을 날카롭게 번뜩이면서 지켜보고 있으며 또한 오는 사람들마다 초대장을 확인하고 있다.

진검룡 일행이 다가오자 호문무사가 손을 내밀었다. 초대장을 내놓으라는 것이다.

앞장선 은조가 붉은색의 초대장을 내밀자 호문무사가 받아서 자세히 들여다보았다.

오룡방은 초대 손님을 상중하 세 등급으로 분류를 했는데 붉은색의 초대장은 상(上)을 가리킨다.

금성문 이하 항주오대중방파와 그에 버금가는 굵직한 가문이나 사업을 하는 집단에게 붉은색 초대장이 발부되었다.

은조가 내민 초대장은 붉은색이고 그것은 현수란이 구해준 것이었다.

호문무사가 초대장을 살펴보고 있을 때 진검룡과 민수림은 전문 앞 관도 너머의 거대한 포구를 응시하고 있었다.

폭 오 장 정도의 넓은 관도 너머에는 오룡방 단독으로 사용하는 거대한 포구가 있으며 장항천으로 길게 뻗은 양쪽 목교에는 거선과 중선(中船), 소선(小船) 삼십여 척이 정박해서 물건을 싣거나 하역하고 있는 광경이다.

"저 포구를 우리가 사용하면 될 거예요."

"좋군요."

민수림이 포구 옆을 가리켰다.

"저기까지 확장해야겠어요."

진건룡은 조금 놀랐다.

"포구를 더 넓힌다는 겁니까?"

민수림은 대답 대신 포구에서 가장 큰 배를 가리켰다.

"저 배에 물건을 얼마나 실을 수 있을 것 같은가요? 예를 들어서 쌀을 싣는다면요?"

"글쎄요."

진검룡은 가늠이 되지 않아서 대답하지 못했다.

"삼백 가마니 정도 실으면 꽉 찰 거 같아요."

"엄청나군요."

"저건 작은 배예요."

"저게 작습니까?"

진검룡은 눈을 크게 떴다. 그는 항주에 살면서 저것보다 더 큰 배를 본 적이 없었다.

"갑판 아래 선창(船倉)에 쌀 수천 가마니를 실을 정도가 돼야지만 장사를 할 수가 있어요. 저 정도 작은 배는 인근에 장사하러 다니는 용도예요."

"그렇군요."

"우린 인근이 아니라 더 먼 곳, 예를 들면 북경이나 해외까지 장사의 영역을 넓혀야 해요. 그래야지만 대상(大商)이 될 수가 있어요."

"대상이 뭡니까?"

무식한 진검룡이 가끔 무식함을 팍팍 티 내면서 사소한 것을 물어도 민수림은 한 번도 화를 내지 않고 일일이 자상하게 설명해 준다.

"거대한 상인을 말하는 거예요. 거상이라고도 하는데 하루 매출이 금으로 수백만 냥에 달하죠."

"금 수백만 냥이면 도대체……."

진검룡은 놀라서 입을 커다랗게 벌렸다가 잠시 후에는 민수림이 어떻게 그런 것까지 다 아는지 궁금했다.

"수림은 어떻게 그런 것들까지 다 아는 겁니까?"

그러자 민수림의 표정이 어두워졌다.

"그러게요. 나도 모르겠어요."

진검룡은 그녀의 얼굴이 우울해지는 것을 보고는 아차 했다. 기억을 잃은 그녀의 아픈 상처를 건드렸기 때문이다.

"미안합니다."

"아니에요."

진검룡이 고개까지 숙이면서 사과하는데 은조가 오룡방에 들어가자고 공손하게 불렀다.

"주군."

그러자 민수림이 진검룡의 팔짱을 끼고 앞장서서 전문으로 이끌었다.

"가요."

'헤헤! 기분 좋다……!'

진검룡은 방금 전에 민수림에게 미안했던 감정이 씻은 듯이 사라지고 헤벌쭉 웃었다.

붉은색 초대장 즉, 홍초장(紅招狀)을 갖고 온 사람들은 모두 한 채의 전각으로 안내되었다.

현수란의 십엽루 휘하에는 번당(繁黨)이라는 독립된 사업체가 있는데 진검룡 일행은 번당의 홍초장을 갖고 오늘 이곳에 참석한 것이다.

물론 진검룡 일행이 번당 사람 행세를 하기 때문에 진짜 번당 사람들은 아무도 오지 않았다.

진검룡 일행은 삼 층 규모 전각의 드넓은 일 층 대전으로 소개되어 들어섰다.

오룡방 전문을 들어설 때 호문무사가 진검룡 일행이 모두 몇 명이냐고 물어서 일곱 명이라고 대답했더니 이곳 대전의 한쪽에 두 개의 탁자와 일곱 개의 의자가 차려져 있다.

또한 두 개의 탁자에는 고급 술과 보기에도 먹음직스러운 요리가 가득했다.

진검룡 일행이 들어서자 대전 내의 모든 사람들이 대전 입구를 쳐다보았다.

그들 중에는 진검룡이 아는 사람도 있고 처음 보는 얼굴도 있는데 아는 얼굴이 더 많았다.

아는 얼굴들 중에는 금성문의 삼남매와 비응보주 부풍림, 연검문주 태동화, 십엽루주 현수란 등이 있으며 뜻밖에도 이곳에 십이소방파 수장들이 모두 있었다.

진검룡은 십이소방파가 중(中)에 속하는 초대장인 황초
장(黃招狀)을 받은 것으로 아는데 홍초장을 받은 사람들만
있는 이곳에 그들이 있다니 뜻밖이라는 생각이 들었다.

진검룡과 민수림 등이 두 개의 탁자로 걸어가서 나누어 앉
을 때 태동화와 현수란이 전음으로 인사를 했다.

[어서 오십시오, 주군.]

[주군, 보고 싶었어요.]

현수란은 전음이라서 아무도 듣지 못한다는 핑계로 보고
싶었다고 사적인 말을 했다.

[십이소방파가 여기에 있는 이유는 오룡방이 그들을 중방파
로 승격시키기 위해서래요.]

진검룡이 의아한 표정을 짓자 그럴 줄 알았다는 듯 현수란
이 전음을 이었다.

[항주오대중방파는 대방파로 승격되고 금성문과 오룡방은
통합하여 하나의 방파가 돼서 항주제일방파가 된다는 계획이
라는 정보를 입수했어요.]

진검룡은 어이없는 표정을 지었다가 방금 들은 내용을 민
수림에게 전음으로 알려주었다.

민수림이 술잔을 만지작거리면서 생각에 잠긴 모습을 보고
진검룡은 그녀의 잔에 술을 부어주었다.

그때 현수란의 전음이 다시 들렸다.

[제가 보기에 금성문이 오룡방과 결탁한 것 같아요]

그렇지는 않을 것이다. 금성문이 진검룡 편이 되겠다고 약속해 놓고 나서 딴마음을 먹었을 수도 있다. 물론 그럴 가능성은 희박하다.

아니, 어쩌면 현수란의 말이 사실일 수도 있다. 진검룡은 뭔가 짚이는 것이 있어서 금성문의 삼남매 쪽을 쳐다보았다.

그들 삼남매는 줄곧 이쪽을 쳐다보고 있었는지 즉시 진검룡과 눈이 마주쳤다.

삼남매는 진검룡에게 고개를 끄떡이며 알은척을 하면서 환하게 웃었다.

진검룡이나 금성문 삼남매를 감시하거나 주시하는 눈들이 있을 텐데 삼남매는 그런 것은 신경 쓰지 않았다.

자신만만해서라기보다는 아직 강호의 경험이 풍부하지 않기 때문일 것이다.

진검룡은 삼남매의 그런 행동을 개의치 않았다. 그들의 행동은 금성문이 오룡방과 결탁하지 않았거나 결탁했더라도 금성문주 공손우가 개입됐을 테지 삼남매는 그 일에 관계가 없다는 뜻이다.

진검룡은 빙그레 미소로 화답하고는 그제야 오늘의 주인 오룡방주의 자리를 쳐다보았다.

민수림은 열려 있는 창밖을 응시하면서 술을 마실 뿐 대전 안에서 무슨 일이 벌어지든 상관이 없다는 모습이다.

진검룡은 어? 하는 표정을 지었다.

오룡방의 새 방주라고 짐작되는 인물 옆에 손록이 서 있는데 그 탁자에 있는 자들과 손록이 다 이쪽을 뚫어지게 주시하고 있었다.

전 오룡방주였던 손록은 진검룡에게 짓밟힌 이후에 강제로 방주에서 쫓겨나 총당주가 됐다고 한다.

손록 등이 이쪽을 주시하고 있는 걸 보면 그가 새 오룡방주에게 진검룡과 민수림이 왔다는 사실에 대해서 말하지 않았을 리가 없다.

어쩌면 진검룡과 민수림은 오룡방 전문에 들어서면서부터 신분이 탄로 났을지도 모른다.

만약 그랬다면 오룡방은 진검룡과 민수림을 상대하려고 보이지 않는 곳에서 바쁘게 움직이고 있을 터이다.

그렇더라도 진검룡은 개의치 않았다. 어쨌든 간에 오늘 오룡방을 괴멸시킬 것이기 때문이다.

그는 민수림을 비롯한 일행과 잠시 술을 마시면서 상황을 지켜볼 생각이다.

오룡방주의 탁자에는 사십 대 중반에 황포를 입고 작은 금빛의 관을 쓴 네모 각진 얼굴의 사내가 앉아 있으며, 오른쪽에는 경장 차림의 일남일녀가 앉아 있는데 두 사람 다 양쪽 어깨에 검은색의 봉과 검을 메고 있는 모습이다.

네모 각진 얼굴 즉, 새로운 오룡방주 우창성이 진검룡에게서 시선을 거두며 전음을 보냈다.

[어떻게 할까요?]

그의 오른쪽에 앉은 일남일녀는 진검룡과 민수림 쪽을 눈도 깜빡거리지 않으면서 주시하고 있다.

사실 일남일녀는 민수림이 대전에 들어오는 순간부터 그녀에게서 시선을 떼지 못하는 중이다.

그녀의 절색 미모 때문에 일남일녀는 잠시 정신이 몽롱해지기까지 했다.

그걸 보면서 우창성은 씁쓸한 미소를 지었지만 다시 한번 일남일녀에게 정중하게 전음을 보냈다.

[쌍신수를 어떻게 할지 명령하십시오.]

그 말에 여자가 먼저 정신을 차렸다. 하지만 민수림에게서 시선을 거두지 않은 채 전음으로 대꾸했다.

[저들이 먼저 움직일 때까지 기다려라.]

우창성은 공손히 고개를 숙였다.

[알겠습니다.]

일남일녀의 신분은 검천태제(劍天太弟)다. 검황천문의 최고 우두머리인 태문주의 제자이기 때문에 '태제'라고 불린다.

태문주의 제자라고 하면 검황천문 내에서 굉장한 신분일

것이라고 생각하겠지만 꼭 그렇지만은 않다.

태문주에게 제자가 자그마치 사십팔 명이나 되기 때문이다. 검천태제가 검황천문 내에서 대단한 신분이기는 하지만 권력이 사십팔 명에게 분산되는 탓에 희소성이 떨어졌다.

그런 탓에 태문주의 제자이면서도 막강한 권력을 휘두르지 못하는 것이다.

그래도 어쨌든 검천태제는 태문주의 제자라서 검황천문 내 십이 개 부의 부주보다는 강력한 위치에 있다.

검황천문 내에서의 중추 세력은 십이 개의 부(府)이며 탈혼부도 그중의 하나다.

하나의 부가 사백 명에서 육백 명까지 구성되어 있으므로 십이 개 부에 속한 고수의 수만 해도 육천여 명에 달한다.

그런데 십이 개 부 즉, 검천십이부(劍天十二府)가 검황천문의 중추 세력이라고 하면 검천사십팔태제령(劍天四十八太弟令)은 핵심 세력이라고 할 수 있다.

태문주의 사십팔 명의 태제들은 일괄적으로 조직을 지니고 있는데 그것을 검천사십팔태제령이라고 한다.

태제들은 검황천문 내에서든 밖에서든 마음대로 수하를 거둘 수가 있으며 그 조직을 '태제령'이라고 하는데 각 태제령에는 적게는 백 명, 많게는 삼백 명까지 고수들이 있고 그들을 태제령수(太弟令手)라고 한다.

지금 오룡방주 우창성과 합석하고 있는 검천태제는 삼십오

태제와 사십이태제인데 사부 태문주로부터 오룡방을 도우라
는 명령을 받고 이곳에 왔다.

이 두 명의 태제는 각각 오십 명의 고수를 이끌고 왔다. 그
정도면 쌍신수인지 나발인지 묵사발을 만들어놓을 수 있을
것이라고 장담했다.

[그게 아니다.]

사십이태제가 진검룡 등이 먼저 움직일 때까지 기다리라고
했는데 삼십오태제가 제동을 걸었다.

슥-

삼십오태제는 민수림에게서 시선을 떼지 않은 채 일어섰다.

[내가 직접 처리하겠다.]

[같이 가요, 사형.]

우창성이 급히 일어나 뒤따랐다.

[태제령수들을 투입합니까?]

삼십오태제 양무(梁茂)가 뒤돌아보며 눈살을 찌푸렸다.

[그럴 필요 없다. 너도 오지 마라. 돌아가라.]

우창성은 걸음을 멈추고 그 자리에 우두커니 서 있다가 하
는 수 없이 제자리로 돌아가서 앉았다.

우창성은 검황천문의 십이 개 부 중에서 절풍부(折風府) 휘
하의 일개 분부주라는 지위다.

그러나 검황천문 십이 개 부의 분부주 정도면 전 오룡방주
손록을 오십 초 안에 패배시킬 수 있는 실력이다.

손록은 순수한 오룡방 사람이었으나 여러 차례 쌍신수에게 당하게 되니까 검황천문이 오룡방주를 아예 검황천문 사람으로 교체시켜 버린 것이다.

삼십오태제 양무는 사매인 사십이태제 정향(鄭香)과 나란히 진검룡 일행이 앉아 있는 탁자로 걸어가면서 그들을 어떻게 상대할 것인지 이미 심중으로 계산을 끝냈다.

사실 양무가 자신이 직접 진검룡 일행을 처리하겠다고 나선 이유는 순전히 민수림 때문이다.

평소에 양무는 여자를 밝히는 편이 아니지만 민수림을 본 순간 여자를 밝히는 성격으로 완전히 바뀌었다.

그가 자신이 직접 진검룡 일행을 제압하겠다고 나선 이유는 민수림을 손에 넣으려는 야무진 꿈을 꾸었기 때문이다.

검황천문은 항주의 쌍신수가 검천사자 한 명과 검황천문 고수 삼십 명의 무공을 폐지했다는 보고를 받고 탈혼부 이 개 분부 외에 따로 은밀하게 삼십오태제 양무와 사십이태제 정향을 보냈다.

검황천문에는 바보들만 있는 것이 아니다. 탈혼부 이 개 분부로는 쌍신수를 제압하는 데 충분하지 않을 것이라고 판단했기에 태제 두 명을 은밀히 더 보낸 것이다.

말하자면 검황천문의 중추 세력을 앞세워 보낸 뒤에 핵심 세력을 덧붙인 것이다.

[제가 처리하겠습니다.]

[그래라.]

훈용강이 이쪽으로 걸어오는 양무와 정향을 보면서 말하자 진검룡은 가볍게 고개를 끄떡였다.

검황천문 사람들은 지위 고하를 막론하고 무공 순위가 모두 검천십이류로 분류된다.

검천사자는 오 등급인 검천오류이고 십이 개 부의 부주는 검천사류, 부주 아래 분부주는 보통 검천팔류다.

그런데 삼십오태제인 양무가 검천사류이고 사십이태제인 정향이 검천오류다.

양무는 십이 개 부의 부주와 동급이고 정향은 검천사자와 같은 수준이라는 얘기다.

검천사류면 무림에서 대방파나 대문파의 수장 즉, 구파일방 장문인과 동급인 것이다.

그 정도 막강한 실력을 지닌 양무이기에 진검룡 일행을 간단하게 처리할 수 있을 것이라고 자신하고 있다.

가까이 다가온 양무는 제일 먼저 민수림을 쳐다보았다. 아니, 그는 걸어오는 동안 줄곧 민수림에게서 시선을 떼지 못하고 있었다.

양무와 나란히 걸어가고 있는 정향은 민수림에게서 시선을 거두고 그 옆에 앉아 있는 사람들을 차례로 한 명씩 쳐다보다가 훈용강의 옥을 다듬어놓은 듯한 준수한 용모에 시선이 딱 멈추었다.

훈용강 역시 정향을 쳐다보고 있었다. 하지만 그가 정향을 쳐다보는 데에는 이유가 따로 있다.

훈용강은 이미 만반의 준비를 갖추고 있다가 정향하고 정면으로 시선이 마주치는 순간 회심의 사술인 염안력(艶眼力)을 발휘했다.

그 순간 정향의 얼굴에 움찔 놀라는 표정이 떠올랐다가 곧 사라지고 대신 몽롱한 얼굴로 변했다.

훈용강의 별호 삼절사존의 삼절은 검절, 환절, 염절인데 오래전에 실전된 전설적인 염안력이 바로 염절이다.

염안력은 오로지 남자가 여자에게 시전하는 것인데 거기에 걸려든 여자는 이유를 불문하고 훈용강을 죽도록 사랑하게 되어 스스로 그의 품으로 몸을 던지게 된다.

정향의 얼굴에서 몽롱함이 사라지고 발그레 홍조가 떠오르며 훈용강을 사랑스럽게 바라보았다.

그때 훈용강이 정향에게 전음을 보냈다.

[네 옆에 있는 놈을 제압해라.]

그러자 정향은 일말의 망설임도 없이 즉시 양무를 향해 번개같이 손을 뻗었다.

양무는 민수림에게 최대한 잘 보이고 또 잘난 체를 하려고 옆에 있는 정향에게는 눈곱만큼도 신경을 쓰지 않았다.

양무가 제아무리 검천사류라고 해도 바로 옆 손만 뻗으면

닿을 지척지간에서, 그것도 어느 누구보다 믿는 사매 정향의 급습을 피할 재간은 없다.

파파팍!

"윽……."

양무는 제 딴에는 온화한 미소를 지으면서 민수림에게 말을 걸려다가 마혈을 제압당하고 말았다.

그는 몸이 뻣뻣해져서 눈을 부릅뜨고 정향에게 소리 질렀다.

"사매! 미쳤어? 어서 혈도 풀어!"

그의 목소리가 얼마나 큰지 실내의 사람들이 다 듣고 이 사실을 알게 되었다.

양무가 시끄럽게 떠들자 정향은 그의 아혈까지 눌러서 떠들지 못하게 만들었다.

실내 안팎에는 양무와 정향이 데리고 온 수하 태제령수 백 명이 은밀하게 매복하고 있지만 아무도 이 상황에 끼어들지 못했다.

자신들의 절대적인 상전인 태제 한 명은 졸지에 혈도가 제압됐고 다른 한 명은 아무런 명령이 없으니 무슨 상황인지 알 수가 없기 때문이다.

오룡방주 우창성은 그 광경을 보고 혼비백산해서 자리를 박차고 벌떡 일어섰다.

사십이태제가 삼십오태제를 제압하다니 무슨 일이 벌어진

것인지 알 수가 없다.

그렇지만 검천태제는 분부주인 우창성보다 한참이나 높은 상전이므로 정향의 명령 없이 우창성 마음대로 어떻게 할 수가 없다.

훈용강이 정향에게 자신의 옆자리를 턱으로 가리켰다.

"여기에 앉아라."

"네."

정향은 꾀꼬리처럼 노래하듯이 대답하고 훈용강 옆자리에 넙죽 앉았다.

훈용강이 정향을 옆자리에 앉힌 것은 그녀를 제압하려고 일어서는 것이 귀찮아서다.

그는 정향 어깨에 팔을 두르며 부드럽게 말했다.

"이름이 뭐냐?"

"정향이에요. 향아라고 부르세요."

"그래, 향아. 너 남천 사람이냐?"

"네."

훈용강 품에 안겨 있는 정향은 너무 행복해서 금방이라도 죽을 것 같은 표정을 지었다. 훈용강의 염안력은 실로 굉장한 마력을 지니고 있다.

"너 지위가 뭐냐?"

대전 안은 무덤처럼 조용해서 두 사람의 대화를 똑똑하게

들을 수 있다.

사람들은 오룡방주 탁자에 앉아 있던 사람들이 어째서 진검룡 탁자에 갔다가 지금 같은 상황이 된 것인지 조금도 이해를 하지 못했다.

그렇지만 대전 내의 모든 사람들은 진검룡이 앉아 있는 탁자에서 이제부터 과연 무슨 일이 벌어질 것인지 긴장한 얼굴로 뚫어지게 주시했다.

완전히 정신적으로 훈용강의 포로가 된 정향은 생글생글 웃으면서 대답했다.

"저는 사십이검천태제예요."

풍건이 전음으로 검천태제가 무엇인지 진검룡에게 자세히 설명을 해주었다.

"저놈은?"

훈용강이 턱으로 뻣뻣하게 서 있는 양무를 가리키며 묻자 정향은 그를 쳐다보지도 않고 대답했다.

"그는 삼십오검천태제예요."

자기 자리에서 일어서 있는 오룡방주 우창성 귀로 전음이 전해졌다.

[나는 탈혼부 팔분부주요. 두 분 태제께선 현재 제압되신 것 같소.]

'제압?'

우창성은 양무가 정향에게 제압된 것을 직접 눈으로 봤는데 왜 그랬는지는 알 수가 없다.

쌍신수의 측근 중 한 명 옆에 앉은 정향이 어째서 저렇게 간드러진 표정으로 낯선 남자의 품에 안겨 있는 것인지 모를 일이다.

[사십이검천태제 옆에 앉아 있는 사내는 사파 삼절맹의 삼절사존이오.]

"······."

자신을 팔분부주라고 말한 인물의 전음을 듣고 우창성은 어이없는 표정을 지었다.

지금 우창성에게 전음을 보내고 있는 인물은 탈혼부 제팔분부주 위융이다.

한 달쯤 전에 자신의 수하 탈혼사 십여 명과 함께 훈용강을 남경으로 압송했던 바로 그 위융이다.

그는 진검룡에게 훈용강을 뺏기고 빈손으로 돌아온 벌로 심한 문책을 받아야만 했다.

그러고는 이번에 오룡방을 도와 쌍신수를 제압하라는 명령을 받고 이곳으로 보내졌다.

그러니 위융이 이곳에서 훈용강은 물론이고 진검룡과 민수림을 어찌 알아보지 못하겠는가.

위융은 훈용강을 잡으려고 그에 대해서 많은 정보들을 수집하고 학습을 했다.

그래서 결국 훈용강이 자주 찾는 여자의 집을 알아내고 수하들과 함께 그곳에 매복해 있다가 급습해서 탈혼사를 이십여 명이나 잃고서야 그를 제압할 수 있었던 것이다.

위융의 전음이 우창성의 고막을 두드렸다.

[사십이검천태제께선 삼절사존의 염안력에 정신이 제압되신 것 같소.]

'염안력?'

위융은 염안력에 대해서 간략하게 설명해 주고 나서 말했다.

[두 분 검천태제께서 심신이 제압되어 지휘력을 잃으셨으므로 백 명의 태제령수와 탈혼부 이 개 분부 육십 명에 대한 지휘권은 내게 있소.]

위융의 말이 맞다. 우창성보다 위융이 서열상 상전이다.

『붕정대연가(鵬程大戀歌)』 6권에 계속…